幻栄

杉山 実
sugiyama minoru

ブックウェイ

あらすじ

北海道の釧路から田代彩乃、九州から下条香織も同じく、東京の看護学校にやって来た。

二人は仲良しで、学業に頑張ったが、卒業と同時に彩乃は自分の顔を整形して、綺麗に成ろうとして、先輩の児玉愛子に勧められてデリヘルのバイトを始めた。

お金が貯まると整形をして病院を変わる彩乃、看護学校時代とは見違える容姿に変貌していた。

しばらくして、下条の誘いで彩乃はＫＴＴ病院に来た。

驚く香織、二人の年齢は三十歳、結婚を焦る二人の前に上場企業の御曹司加納敏也が、スキーの怪我で入院して彩乃を好きに成る。

敏也の家庭は、真面目一筋の家庭で、風俗で働いていた事が暴露されると、破談に成る彩乃は隠すが、デリヘル時代から交際が続いていた橘郁夫とは、バイトを辞めても付き合って六年が経過していた。

露見を恐れた彩乃は、郁夫と決別して敏也と結ばれるが、嫉妬に狂う香織は彩乃の

幻栄

過去を暴こうとする。

その香織の行動に疑問を持った旅館の仲居吉永富子と息子明夫が、知ってしまった事が過去の事件を呼び起こす。

静岡県警、佐山次郎、野平一平、美優の活躍シリーズ

主な登場人物

野平美優……静岡県警捜査主任野平一平の妻、これまでに難事件を解決して県警でも一目置かれている。ショートボブの可愛い奥様、三歳の娘美加とトイプードルの愛犬イチと三人家族。

野平一平……静岡県警刑事、事件で図らずも美優と結ばれて、楽しい生活を送っている。

佐山次郎……静岡県警の刑事、一平の同僚で五十代

伊藤純也……静岡県警の刑事、若手

田辺彩乃……大きな病院の看護師、整形美人

下条香織……彩乃と看護学校の同期

加納敏也……株式会社ＫＡＮＯＵの御曹司

敏夫……社長、敏也の父

梢……敏也の妹

幻栄

児玉愛子……彩乃と病院で知り合う、デリヘルのバイトをしている。
橘　郁夫……輪島の郷土民芸品を販売している。
吉永富子……九十九湾の旅館で仲居をしている。年齢の割に小綺麗な美人。
　明夫……富子の子供で、若いが誰もが振り向くイケメン、女性を騙す特技有り。

幻栄　◎目次

第一話　結婚

もうすぐ、クリスマスの数日前の夜、田辺彩乃は忘年会が終わって、二次会に行くと数人が言うので「少し待って、トイレに行くから」と向かう。

「じゃあ、先に行っているわよ」

同い年で同僚の下条香織が彩乃に声をかける。

酔っ払い気味の彩乃はトイレに向かいながら、今夜は飲み過ぎたと思っていた。

トイレの鏡に映る自分の顔は、完全に飲み過ぎサインが出ていた。

忘年会は病院の外科病棟二十人程で寄せ鍋を食べたが、年増、行けず後家とかの言葉が囁かれて、怒りの香織に付き合ったから、気分が悪く飲み過ぎたのだ。

彩乃は三十一歳、東京のＫＴＴ総合病院に転職して、もうすぐ五年が来る。

鏡の顔は年寄りの部類に足を入れていると思う彩乃、堪えず自分の顔が気に成る。

地方の高校から東京の看護学校へ、学校の紹介の病院で数年を過ごして、次の病院に転職、しばらくすると次の病院へ、今の病院が四回目の転職だった。

彩乃の場合給与とか、就業体形に問題が有った訳では無かった。

今回は看護学校の同期下条香織がこの病院に誘ったから、五年前にこのＫＴＴ総合病院に転職してきたのだ。

彩乃は細身で美人、背は高く百六十八センチ、その為少し猫背、ハイヒールは成るべく履かない。

履くと男性が小さく見えて、中々つり合わないのが理由だった。

今夜も香織は酔った勢いで、外科の仲間に話してしまいそうに成った。

多分彩乃の秘密を知っているのは、自分だけだと思っていたからだ。

看護学校時代の彩乃は、目も一重、歯並びも悪く、ゴツゴツした顔、鼻が少し曲がって、目だけが大きく、渾名が「びっくり、彩」と呼ばれる程だったのだ。

香織は中肉中背の普通の顔で、看護学校時代は香織が断然男性には人気が有った。

彩乃は渾名とは正反対で人前には出たがらない性格で、いつも友人の後ろに隠れて居た。

その後、転職の度に綺麗に変身をしてゆく彩乃、目は二重に成って、歯並びは白く美しく、ゴツゴツした頬は丸みが出て、綺麗に成っていたのだ。

「私、整形をしたのよ、綺麗に成ったでしょう、香織だけよ！　秘密を知っているのは、内緒にしてよね、もしも誰かに知れたら許さないからね」と口癖の様に言っていた。

「判った、誰にも言わない」

香織はそう約束はしたのだが、最近彩乃に彼氏が出来たのだ。

スキーの怪我で入院をしてきた加納敏也と恋愛が始まったから、香織には面白くなかったのだ。

敏也は中堅の上場不動産会社の御曹司で、スポーツマンタイプ、彩乃も香織も理想のタイプだった。

香織が素敵と話したから、彩乃が積極的に成ったのかも知れない。

一カ月強の入院期間で、すっかり仲良く成った二人は、退院後に男女の関係に成って、本格的に付き合いを始めた。

彩乃は香織の性格を知っていたから、片時も離れずに香織の愚痴、後輩の悪態に付き合って飲んでいたのだ。


今、彩乃は人生の岐路に立っていたのだ。

敏也から結婚を前提に付き合いをしたいと、申し込まれていたからだ。

彩乃には整形以外に、敏也に知られては困る秘密が複数有ったので、その一つ一つをクリアさせなければ、中々結婚には辿り着けないと思っていた。

香織は二人の間に肉体関係が有る事は感じていたが、所詮金持ちのお遊びにされているのだ。

本当の彩乃の姿を知らないお坊ちゃまが、遊びで付き合っていると思っていたから、病院内でも医師が看護師と付き合うが、殆どが肉体を弄ばれて捨てられるからだった。

つり合わない恋の結末を知り尽くしていた。


正月休みに実家の北海道に帰った彩乃が、両親に結婚をするかも知れないと話していた。両親は大いに喜んだ。

釧路の漁師の家に生まれた彩乃には弟が一人居るが、生まれながらの精神薄弱で、両親には娘の結婚に影響が出ると、彩乃が子供の時から懸念していた。

話しを聞いて、相手がお金持ち、弟の事は話していない、両親の事も殆ど話して無いと言う娘の言葉に「彩乃、つり合わない、結婚は辞めた方が良い」と話した。

「そうだ、立派な家の嫁に成れるのは良い事だが、家族の事も問題だし、お前の顔は作り物だ」両親は揃って反対をした。

将来の娘の不幸が目に見えたから、首を縦に振らなかった。

去年迄は弟義郎の顔を見ると「一生、義郎の面倒はお姉ちゃんが見てあげるからね」そう言って東京の土産を渡すと、弟は大いに喜んで笑っていたのだ。

家族に喜ばれると思ったが、反対されて直ぐに東京に戻ってしまった彩乃、両親には心配な事がまた増えたのだ。

看護学校を卒業してしばらくして、帰って来た時、顔が綺麗に成っていたから、

そしてそれは帰る度に綺麗に変身して帰るので「彩子！　整形って簡単に出来るのか？」と父義治は妻に尋ねた。

「安くは無いと思いますよ」

「お金は？　綺麗に成る事は良い事だが？　悪い事をしているのでは？」と心配の義治。

「看護師の給与は良いのでしょう？　夜勤もしていますから」と彩子は惚けて話したが不安は有った。

彩乃は帰る道中、敏也に弟の事は話さないと仕方が無い。

それで別れる事に成っても、仕方が無い兄弟を一生隠して生活は出来ないから、実家の話しも総て話そう、

それで敏也が去ったらそれは縁が無かったと、諦めようと決めて帰京した。

田舎は北海道で帰りは早くても五日だと話していた彩乃が、敏也に東京に帰った事を連絡すると、喜んで翌日の三日に会ったのだ。

覚悟を決めて、北海道の土産を渡すのを口実に、家族の事、弟の病気の事を恐る恐る話した彩乃に「漁師さんのお嬢さんだったのか！　弟さんは生まれながらの病なのだね、大変だね！家族の事は僕も援助するよ」と笑って言った。

緊張の彩乃に敏也は何事も無いかの様に話して、援助まで申し出てくれたのだ。

彩乃は天にも昇る気分で微笑んで、次には涙を流して「敏也さん、ありがとう」と言った。

敏也は話しで聞いていた範囲で、家庭環境を既に調査をして知っていた。

父敏夫に言われて調べていたのだ。

弟の病も遺伝では無いとの結論も持っていたから、彩乃が自分からいつ言うのか？　それを待っていたのだ。

第二話　隠す秘密

「僕が一番嫌いな女性は、お金の為に自分の身体を売る女性だな！」喜んで居た彩乃に敏也が突然言った。

彩乃は一瞬驚き顔に成ったが「何故？」と尋ねた。

「お金の為に身体を売るって最低だよ、特に生活の為では無く、遊ぶ金が欲しいとか、服を買う、遊興費とかの為に身体を売る女は駄目だ」と恐い顔で言う敏也。

驚き顔で聞いている彩乃に「彩乃さんはその点、深夜も働いて頑張っている白衣の天使だからね、逆にその様な職業の女性は尊敬するし憧れるね」そう言いながら微笑む敏也、二人はそのまま彩乃が誘ってラブホに行った。

彩乃には家族の問題、特に弟の問題が解決して嬉しかった。

「今度休みが合ったら一緒に君の実家に行こう」とベッドで語る敏也に、彩乃は嬉しくて抱きついてキスをしていた。


電話で彩乃は実家に「彼ね、義郎の事は気にしていないと言ってくれたわ」と翌日母の彩子に嬉しそうに電話をしていた。

父義治は娘の話を聞いて心配をしていた。

加納敏也の事を始めて調べて見ようと考えて、東京の友人にお願いをした。

今までは結婚はとても無理だと思っていた義治には、嬉しさ半分怖さが半分の、複雑な気持ちだったのだ。

その為、彩乃が一番に心配なのは香織の口だ。

年末の忘年会でも整形の事を喋りそうに成っていたから、危険な存在だ。

あの時はまだ自分にも一抹の不安が有ったが、今はその不安も消えて、本気で結婚に進みそうに成ったからだ。

香織に正式に話して口止めをしなければ、敏也に聞こえたら大変な事に成ってしまうと、彩乃はその日から香織の顔を見る度に、どの様に話そうか?と悩んで居た。


数日後彩乃は敏也の自宅に正式に招待された。

郊外に在る敏也の自宅は大きくて、邸宅と呼ぶのに相応しい。

父敏夫、母圓、妹梢、弟俊樹の五人家族、敏也の両親も長男敏也がようやく結婚をしてくれる。

家柄はともかく、結婚をしてくれると喜んだのだ。

今まで何度も見合い話とかを知り合いが持って来たが、見向きもしなかったから、看護師で実家が漁師でも弟が病でも結婚を許していた。

弟俊樹も妹梢にも決まった恋人が居て、兄が結婚すれば順番に結婚しても良いと言われていたから、大いに喜んだのだ。

　敏也が彩乃を送って出て行くと「綺麗な子で、敏也と同い年には見えなかったなあ」と敏夫が嬉しそうに話す。

「そうでしたわ、まだ二十代に見えましたわ」と父と母の話に梢が割り込んで
「あの顔は整形よ！　間違い無いわ」と言い切る。

「梢！　お前も整形しているじゃあないか」と弟の俊樹が笑うと「お母さんもしているわ、整形が今は常識よ、女性の身だしなみよ」と怒った様に言う梢に「大きな声で言ったら駄目でしょう、みんな内緒なのだから」と微笑む圓だった。


　帰りの車で「家族には気に入られたね」そう言って笑う敏也に「そう？　私気に入られたの？」と嬉しそうな彩乃。

「うん、みんなの目をみれば判ったよ、合格だよ」と微笑みながら言う敏也。

「嬉しい、結婚したらあの家に住むの？」

「子供が生まれるまでは、マンションに住もう」

「それが良いわ、ありがとう」

　気に入られて嬉しい彩乃、病院の寮近くで別れる二人だった。

それを、見ていたのが香織だった。

二人の関係が進展しているのだ。

もしかして結婚？　それはないわね、身分が違い過ぎよ！　有り得ない、看護師の結婚相手では無いわと、否定する香織だ。


マンションに戻った彩乃はしばらくして、意を決し香織の部屋を尋ねた。

そして敏也との結婚を打ち明けた彩乃に「嘘、本当に？　本当に？」と何度も確かめた香織。

彩乃は整形の事実を隠してくれる様に念を押すと「判ったわ、今までも言わなかった、これからも言わない、安心して敏也さんには絶対に言わないから」と微笑んだが心は憎悪と嫉妬の塊に成っていた。

翌日から香織は加納敏也の事を調べていた。

この様な話しは女が一番敏感だ。

妹の梢に整形の話を教えておけば破談に成るわと、機会を窺う日々に成った。


北海道の実家にも友人から連絡が入って「資産家だ、不動産会社を経営している、とても漁師の婿には難しい、将来付き合いに困る、離縁も考えられる、辞めた方が良い」と進言されていた。

　その話を聞いて彩乃の両親は「東京でしばらく仕事をして、釧路の開業医で働いて、地元の男と結婚の予定だったのに何故？　十年も東京で働くのだ」と怒る様に言った。

「彩乃に義郎を委ねるのは酷ですよ、それが有るから帰らなかったのでは？」

　両親の会話は身分違いの結婚に対する不安から、帰らない子供に対する愚痴の話しに変わっていた。


　週が変わって、東京に石川県から一人の初老の男がやって来た。

　彼の名前は橘郁夫六十歳、輪島の郷土品を販売の為に、月に一度東京に来るのだ。

　白髪頭で年齢よりも老けて見える。

　郁夫の目的は郷土品を売る事以外に、数年前からお付き合いをしている女性に会うのが、目的の一つに成っていた。

　久々に今夜は東京のホテルで彼女と食事の予定だ。

　もうすぐ誕生日だが今度は何が欲しいの？の質問に彼女はフライパンのセットが欲しいと答えていた。

　もう、六年も付き合いをしているのに、始めて誕生日にフライパンを要求されて、戸惑う郁夫だった。

この郁夫は彩乃のパトロンの様な存在だった。

何故か話が合う歳の離れた男性だった。

六年以上前、彩乃は整形の費用捻出の為に、デリヘルで働いて居たのだ。

看護師の給与では生活で一杯に、整形の費用の捻出は困難だった。

その為、夜勤の空き時間を利用してバイトをしていた。

お金が貯まると整形をして、病院を変わる。

同じ病院に勤めて居たら整形が露見するから変わるのだ。

この郁夫とは今の病院に変わる前に、付き合い始めていた。

今の整形の事と、デリヘル勤めを知っているのは郁夫一人だった。

今の病院に変わる前に、デリヘルの仕事は辞めていたから、知っている唯一の人だ。

結婚が決まったので、もうこの郁夫と別れなければ成らないと考えていたが、何故か別れられないので、今夜もホテルで会う段取りに成っている。

話しも面白い、酒も飲むと楽しい、勿論ＳＥＸも合う、合わないのは年齢と妻帯者と云う事実だと思っていた。

第三話　嫉妬

　二人の関係は誰も知らない。

　彩乃は真面目な看護師、今は彼氏がお金持ちだとの事実、病院での事実は香織の嫉妬を誘い、香織はついに加納の妹梢に接触していた。

　香織は自分の知っている事実、整形の事、弟が障害者だと告げ口をして得意顔に成ったのだ。でも梢には目新しい話しは何も無く、馬耳東風だった。

　満足したのは香織のみで、梢は兄の敏也に、友達の香織さんには気を付ける様に、彼女に教えてあげてねと言われていた。


　敏也はパソコンが好き、携帯もスマートホンが大好きで写真の撮影、フェイスブック、ライン、ツイッターと色々な事をする。

　勿論彩乃との遊びに行った写真も撮影をすると、自分のタイムラインに掲載して、友人から称賛を浴びて得意に成っていた。

　彩乃は自分の画像が乗せられている事に抵抗が有ったのだが、敏也が喜ぶので我慢をしていた。

何度お願いをしても反対を貫く両親、二人は北海道旅行を兼ねて、四月に実家に行こうと決めていた。

三月中は雪が降って、交通の便が悪いので観光には適さないので、四月に決めていたのだ。


三月にも郁夫は東京にやって来た。

今回は伊豆半島に桜を見に行く事にしていた。

郁夫と彩乃はもう今回で別れよう、今回で別れようと何度も思う彩乃だが、一度会うとお小遣いで十万円を貰える魅力と、楽しさで言い出せないのだ。

河津桜は二月から三月の初旬満開に成る。

大勢の人で賑わう、屋台が川沿いに並んで、二人には最高のロケーションに成っていた。

数年前にも一度来ていて要領を知っていた二人は、屋台でたこ焼きを食べてビールを飲むと、郁夫と彩乃には最高の一時だった。

しばし敏也を忘れる彩乃、この様に何度も日本中を二人は旅をして、この数年楽しい時間を過ごしていた。

その時間が突然終わったのだった。

向こうから歩いて来たカップルが「田辺さん?」と声を掛けてきた。

驚きの表情に成る彩乃に「お父さん？」郁夫も微笑んで会釈をした。

彩乃は気が動転して何をしていいのか？　何を話せば良いのか？　判らない一瞬だった。

「結婚式には行くからね」と言いながら笑顔で去って行った二人を、呆然と見送る郁夫と彩乃だった。

彩乃には全く面識の無いカップルだったが、多分フェイスブック等で見て知っているか？　敏也に聞いたのだろうと推測は出来た。

今まで楽しかった二人に沈黙が暫し続いて「橘さん、もう私達別れましょう」と彩乃が切りだした。

「別れ無くても、彩乃さんが結婚するのは仕方が無い事だけれど、今後も話し位はしたいな」と言う郁夫に「私達の関係では許されない事よ、割り切りましょう」

そう言うと急に無言で、駅に向かって歩き出す彩乃だ。

遅れて歩く郁夫を無視する様に電車に乗り込む。

何も話しをしない彩乃、余程気が動転していたのだろう、無言が続いた。

熱海駅に到着すると「さようなら」その言葉を残して急ぎ足で、新幹線のホームに向かった。

郁夫は静岡に夕方仕事が有ったので、下りのホームで電車を待つ、この時に見た彩乃の姿が最後に成った。

メールで（長い間、ありがとうございました、また良い人を探して下さい、彩乃）で二人の長い付き合いは終了したのだった。

その後何度もメールをする郁夫に彩乃は返事を返さなかった。

そして携帯の登録も抹消してしまった。

それは出会った友達が敏也に話しをしている可能性が有ったから、自分の携帯から郁夫の履歴を総て消去したのだ。

もう彩乃には楽しかった思い出は無くなっていた。

唯、敏也に自分の過去が露見しない事を願うだけだった。

彩乃の頭には敏也が話した。

一番嫌いな女性はお金の為に身体を売る女性だと、言った言葉が大きくのし掛かっていたのだ。

総ての連絡を遮断しても安心が出来ない彩乃は敏也に「ストーカーに狙われているの、貴方のサイトに載せている私の写真を総て削除して、お願いします」と懇願していた。

彩乃は先日の事から、また誰か知らない人が声を？

デリヘル時代の客が見ていて、敏也に話すかも知れないと怯えだした。

考えて見れば、デリヘル時代のお客は数えられない人数に成っている。

三箇所の店で働いたからだ。

最初の店はお金が無くてプチ整形の後働いたから、今の顔とは相当異なるから判らないだろう。

次の店以降は今と大して変わらない、年齢が経過している位だから危険だ。

一番恐いのは郁夫だ。

もしも敏也の存在を知ったら、コンタクトをしてくる可能性が有る。

それは何としても避けなければ、統べてが終わると恐怖心が芽生えた。

自分の人生が終わると言っても過言では無いのだ。

敏也は心辺りが有るのか?と彩乃に尋ねたが、今まで長い間看護師をしていたから、好意を持っていた患者さんもいたと思うと答えた。

「彩乃は美人だから、片思いがエスカレートしたのかも知れない」と敏也は殆どの写真から彩乃の画像を削除、もしくはイラストで消してしまった。

「ありがとう、助かるわ」とお礼を言うと「病院努めも後少しだからね、北海道に行って許して貰ったら、直ぐに結婚しよう」と彩乃が大喜びする言葉を言う敏也だった。

香織は自分の告げ口で破談に成ると思っていたのに、全くその気配も無いのに嫉妬が増した。

今度は彩乃の整形って、どれ位しているの？と古い写真を取りだして、真剣に調べ出す看護学校の時代の写真と、現在の写真を数枚ずつ持って、わざわざ美容整形を尋ねて「私の友人がこの様に、綺麗に美容整形をしているのですが？　私もこれ位整形をしたいのですが？　幾ら必要でしょうか？」と尋ねに行ったのだ。

始めは美容整形そのものをネタに告げ口をしたが、冷静に考えると貧乏な看護学生が、急に美容整形に走れた事が不思議に思い始めていた。

香織は田舎から出て来た姿から、変身する彩乃を目の当たりに見てきたから、今度は整形費用の捻出に、疑問を持ち始めていた。

病院の中では彩乃に対して祝福の態度で接していたが、気持ちは嫉妬の塊に成っていた。

第四話　仲良しの二人

その昔、釧路から東京にやって来た彩乃は、弟の将来の看護と生活の為に看護師を目指す決意で、東京の看護学校にやって来た。

札幌の学校も東京も下宿をしなければ成らないので、同じ下宿するなら東京に行こう、有名な病院に就職も可能だと思った。

そうなれば弟の病気も回復の糸口が見つかる可能性も有る。

今の医学は日進月歩で進んでいる。

ＩＰＳ細胞の研究も進むから、治る時代が来るかも知れない。

そんな夢の様な期待と同時に都会で美容整形をして、綺麗に成って地元に帰れば、垢抜けしたと思われるかも知れない。

彩乃は色々な思いで東京にやって来た。

現実は厳しく生活をするのが精一杯で、看護師として働き出しても整形のお金は中々貯まらない。

一年間働いてプチ整形で目元を変えるのが限度だった。

最初の病院の同僚で、デリヘルにバイトで働く児玉愛子に誘われて、その世界に足を踏み込んだ彩乃、当時は化粧で誤魔化して、若さだけで客が付いて稼げる。

背が高くて細身、スタイルは悪く無かったので、酔っ払った客には判らない時も多かった。

でも基本的には彩乃はデリヘルの仕事は、好きには成れなかった。

お金が貯まると直ぐに辞めて整形に走って、病院も退職したのだ。

その為、紹介された児玉愛子ともその後は音信不通にして、全く別人として異なる病院に勤める彩乃だった。

看護学校の時に若さで数人の同僚と、地元の若者と半年程遊んだ事が有る彩乃は、その時にＳＥＸ、酒、煙草を覚えてしまった。

それが役に立った恰好だ。

遊び仲間が警察に補導され、逮捕されたので自然と付き合いは無くなったが、そのまま付き合いを続けていたら、逮捕されていたかも知れない恐怖に成った。


二番目の病院に勤めて少しで、次の整形をしたく成った彩乃は、また異なるデリヘルに働き出したのだ。

今度は頬から顎に丸みを、前回の整形で目元が綺麗に成って、「びっくり彩」のイメージは無く成って、大きな瞳で涼しい瞳に変わっていた。

このデリヘルでも数カ月働き、整形費用を捻出した。

その頃から集合写真とか、色々な写真の場面では常に陰に隠れる様に成って人目を避けていた。

バイトが露見する事と、整形に関して何か言われる事への警戒感がその様な行動に成っていた。

この頃から、彩乃は故郷に帰って看護師に成る当初の考えは消えていた。

ただ弟義郎の面倒は将来自分が担う事だけは、考えの中には残っていた。

二番目の病院からは、同僚も誰も彩乃のバイトの事を知らない。

この病院での時間にバイトで貯めたお金で再び整形をする彩乃、そして病院も退職していた。

二年間勤めた半分の期間はバイトを週に二日から三日、客には絶対に本名を名乗る事は無かった。

デリヘルも最初の店から変更、店の所在地も変更して足跡を残さない彩乃だ。

最初の整形で目と鼻を治しただけで、スッキリとした綺麗な顔に成っていたが顎が、ゴツゴツした感じなので二度目の整形に成った。

三度目は歯並びと性器の手術、歯は簡単には治らないから時間が必要だった。

矯正から始まって美しくするから、手術を始めても直ぐに病院を辞められなかった。

性器は見えない部分だから、いつでも治せたが、その間はデリヘルには勤められないので、最後に治す予定にしていた。

最後のデリヘルでは、歯の矯正をする前まで働いて、橘郁夫に出会ったのだ。

月に一度石川県からやって来る郁夫と、最初から気が合った彩乃は、初日から勢いに乗って、本番行為をしてしまった。

慣れれば基本的に本番行為が主の彩乃だった。

郁夫も彩乃を気に入って、時間を大きく延長してくれて、ビールを飲みながら、二人は沢山飲んで色々な話しをして、意気投合でベッドに「ゴム付けてくれたら、入れても良いわ」と微笑む彩乃。

「本当？」と嬉しく成った郁夫。

約三十歳も年齢が離れているのに、何故か親近感を抱く二人だった。

「私ね、この歯を綺麗にする為に働いているのよ、でもね！　もうお金出来たから、辞めるのよ」と意外と正直に話す。

何故か正直に話せた彩乃に「デリヘルは長いの？」と尋ねる郁夫。

「ここは、あと少しで辞めるわ、以前も少し違う処で働いていたわ」と流石に誤魔化した。

「可愛い歯なのに、その八重歯が可愛いよ」と郁夫が笑うと「前歯だけじゃあないのよ、奥の歯も悪いから治すのよ、噛み合わせが悪いと顔が歪んで綺麗に見えないのよ」と笑う彩乃の八重歯が可愛い。

「今でも綺麗だよ」

確かに歯並びは別にして、顔形は美人だと郁夫は褒め称えた。

郁夫は今後も会いたいとSEXの後、彩乃に話した。

食事をして一晩過ごしてお小遣いを十万払うと条件を言ったが、流石に即答は出来ない彩乃だった。

確かに小遣いは魅力的だ。

もうデリヘルで働く必要は無い、元々整形が無ければ働きたく無い彩乃だったから、郁夫の話は魅力的だったのだ。

SEXの相性と話が合う、この二つがとても良い事が魅力的、そして遠方で、月に一度しか東京に来ない。

通常連絡はメールか電話、一晩飲んでホテルで過ごす、彩乃には良い小遣いに成るとも考えた。

三回目に会った時、彩乃は決心をした。

「本当に、十万貰えるなら、デリヘルを辞めてからも会いたいわ」と思い切って言う。

「決まりだね」郁夫は大いに喜んだ。

次に会った時は、夜遅くホテルに彩乃は来て、翌朝朝食を食べてから別れた。

「次回は温泉に行こうか?」と誘う郁夫。

「えー、温泉？　でも早く帰らないと仕事が有るから」と躊躇う彩乃に「昼に東京に帰ればいい？」と尋ねて半ば強引に誘う。

「ぎりぎりに成るけれど、何とか成るかも」温泉好きの彩乃は受け入れた。

彩乃はこの郁夫と過ごす時間が多く成って、誰かに見られているかも知れないとの不安が常に有った。

彩乃は郁夫には、住所も職場も本名も名乗っていなかった。

デリヘルの源氏名そのままだった。

郁夫も本名を名乗らないから、お互いその方が都合が良かった。

橘郁夫は真木賢一と名乗り、田辺彩乃は源氏名の楓と名乗った。

お互い判っていて敢えて名乗らなかったのだった。


翌月熱海の温泉に二人は始めて泊まった。

真木賢一と娘楓として、楓が想像していた旅館とは大きく異なって、大きなベッドが二つ、部屋の外には屋根の有る露天風呂が並々と湯をたたえて、二人を待っていた。

「賢一さん、凄い部屋ですね」これが開口一番の彩乃の言葉だった。

何度か温泉には行ったがこんなに立派な部屋で、露天風呂が部屋に有る部屋に泊まった経験が無かった彩乃には驚きの連続だった。

料理は素晴らしくて、仲居が食べ終わった頃に次の料理が次々と測った様に届けられる。

「私、初めてだわ、こんな旅館にこの様な料理」

「お酒も美味しいでしょう?」

「勿論です」彩乃はすっかり舞い上がっていた。

食事の後は館内のカラオケクラブに誘われて、二人は酔った勢いで、次々と歌う「楽しいわ」と彩乃は心からそう思っていた。

「良かった、楓さんが喜んでくれて、嬉しいです」と満足そうに言う郁夫。

こうして、彩乃と郁夫の付き合いが始まったのだった。

第五話　病院を訪問

下条香織は九州の長崎出身、何故か同じ様な境遇で東京の看護学校に入学していた。

香織は母親が軽い脳梗塞で右手が少し悪く、看護師を目指して上京していた。

北と南で将来は家族の介護の為にとの目的を持って、看護師に成ったから話が通じた部分も多かった。

遊びに行くと香織が男性にはもてた。

彩乃は綺麗だが少しバランスが悪い顔だったから、目が大きく、鼻が少し曲がって、頬がゴツゴツしていると、中々綺麗には見えない。

看護学校の時に地元の若者と遊んでいた期間も、若者の狙いは香織で彩乃は付録の様な存在だった。

香織の陰の様な彩乃に陽が当たり出したのは、整形をしてからで、香織も「綺麗に成ったわね」と久々に会った時に整形の話しを聞いて驚いたのだ。

ＫＴＴ病院に呼んだのは香織だった。

看護師不足で婦長に、友人で看護師が居たら誘って欲しいと言われたのが切掛けで、丁度転職を考えていた彩乃には、渡りに船の話しで転職してきたのだ。

歯の矯正も終わって、デリヘルのバイトも辞めて、タイミングも良かったから、転職時期も合った。

この数年間は昔からの知り合いで看護学校の同期、結婚をしない二人として比較的仲が良かった。

しかし今回彩乃がお金持ちの子息との交際に成って、状況が一変した。

香織は一人取り残された心境で、先日までの同類相哀れむは無く成って、嫉妬に変わった。

香織もこの加納敏也に少なからず気が有った。

金持ちの遊びに使われて捨てられるのも困るので、慎重に見ていた。


二人の交際が公に成って「良かったね、彩乃良い彼見つかって」とは口では祝福していたが、気持ちは穏やかではない。

看護師も辞める話しに成っていると嬉しそうに言う彩乃に、香織も出来たら看護師を自分も辞めたいが本音だった。

夜勤と介護に近い重労働に、精神的にも肉体的にも限界に成る時が多いからだった。


香織は時間が有れば、昔の仲間で看護学校の同級生に彩乃の事を聞いて、整形費用の捻出に何か疑問が無いのか？

それと何かスキャンダルが無いか？を尋ねていた。

彩乃は看護学校の同級生との交流も少なく、卒業後も付き合っている同級生は少なくて、精々年賀状かメール程度の付き合いが多かった。

彩乃は整形を判らない様にする為に極力合わない。

殆ど同級生でも、付き合いの有った看護師が勤めている病院は敬遠していた。

美容整形の病院三箇所で費用を尋ねると、歯の矯正で大体百五十万、目、鼻、顎、頬総てで数百万は必要だと言われて、益々不思議だと勘ぐる香織なのだ。

最初の病院の看護師を調べたが、知り合いは皆無、二箇所目に一人、後輩が勤めて居て、香織は時間を見つけて後輩に会いに行ったが、当時から綺麗な感じで、患者さんの評判は良かったと答えていた。

目と鼻の整形の後、極端に綺麗に成ったと香織も記憶していた。

久々に食事に行った時、驚いて尋ねると「変わった？　綺麗に成った？」と自分から誇らしげに言ったのを思い出した。

最後の歯の矯正からはもう、六年経過しているから、中々覚えている人も少ないのが現状だ。

それでも、彩乃から彼氏の話しを聞かされると、また嫉妬が湧き起こる香織だ。


それでも彩乃のデリヘル最後の名前で楓は、デリヘル嬢の美人ランキングで、紹介された事が有ったのだ。

それは郁夫に昔話した事が有った。

「困るのよね、もうデリヘル嬢を辞めて、相当な時間の経過が有るのに、今もランキングに掲載されているのよ、昔のお店にクレームを言うと、店のサイトでは無いから、修正出来ないと言われたわ」半分自慢なのか、本当に嫌だったのか話した事が有ったな、そう思いながら、今でもその画像が掲載されているサイトを見る郁夫だった。

突然、旅先で別れて、音信不通に成った。

彩乃の懐かしい六年前の写真が、今も活き活きとまるで今晩にでも、部屋に訪れそうに微笑んでいた。

郁夫は彩乃と出会って数年後、楓の本名と住所を知っていた。

それは偶然だった。

旅行社からの郵便に、間違って彩乃の分が同封されていたのだ。

郁夫は彼女の名前は知っていたが住所は知らなかった。

その時、ＫＴＴ総合病院の寮に住んでいる事を始めて知った。

住所と職場を同時に知ってしまったが、彩乃には敢えて言わない郁夫だった。

その郁夫は一度病院を訪問してみようと考えていた。

別れ方が余りにも突然だったから、もし彼氏が出来ても、メール位は続けたい気持ちが有ったからだ。

六年も付き合ったのに何故突然、会話も無く成る程の別れ方をするのか？　全く理解出来なかった。

出会いは不純だったかも知れないが、その後はお互い楽しく過ごしてきたと思っていたから、別れるにしても、もう少し綺麗な別れ方がしたかった郁夫だ。

寂しい気持ちの郁夫は、彩乃と別れてからも二度程東京に仕事で来て、一度病院に行きたいと思っていたが、中々勇気が出なかった。


四月に成って郁夫は勇気を振り絞って、KTT病院を訪れた。

インターネットで何度も調べていたのに、入ってみると中々違和感が有った。

普通自分が患者でも、友人か知り合いが患者でも、何も考えないで入れる場所が異様な感じに思えた郁夫、何か悪い事をしている様な感覚に成る。

七階の入院病棟に上がる。

彩乃に出会ったら何を喋ろう?

輪島のお土産の饅頭を持って、キョロキョロとする郁夫に「何方かお探しですか?」と看護師が笑顔で尋ねた。

名札を見ると小泉と書いて有る。

「あの?　看護師の田辺彩乃さんいらっしゃいますか?」

「田辺さんなら、昨日から実家に帰られて来週戻られます」と笑顔で答える小泉。

落胆の顔に成る郁夫、手に持った手土産を差し出して「これ、皆様でお召し上がり下さい」と言うのが精一杯。

「患者さんですか？」小泉真矢は微笑みながら尋ねる。

「は、はい以前お世話に成りまして、東京に来ましたので挨拶に寄せて貰いました」とお辞儀をしてその場を去る郁夫だ。

その郁夫とすれ違いに香織が来て「何方？」と尋ねる。

「彩乃さんの患者さんだった人」そう言って、今貰った饅頭の包みを差し出した。

「輪島の土産ね、名前は？」と不思議そうに包みを見る。

「名乗らなかったわ」

「馬鹿ね、名前も聞かないでお土産だけ貰うなんて」と叱る香織。

「以前入院されていたそうですよ」そう言われても、香織には見覚えがない顔だったと思った。

「真矢さん、あの人に見覚え有る？」

「有りません」と直ぐに答える。

「そうよね、外科で入院されたら、一カ月位は入院されるから、最近なら判るわよね」

「はい、そうですよね」と小泉真矢も怪訝な顔に成った。

第六話　思惑の調査

饅頭の包み紙を丁寧に外して、香織はそっと自分のポケットにしまい込んだ。

自分の記憶が間違っていなければ、輪島の人の入院は無かったから、少なくとも一年以内に誰も入院はしていないと思っていた。

普通手土産に何処かに出掛けた品物を持参する人は少ない。

大抵近くの洋菓子、和菓子が多い、もしくは地元の物を持参する。

東京でも中心に有る病院の外科に、地方から来て入院する患者は本当に少ない。

此処の医者が有名ならそれも考えられるが、外科は有名では無いから、地方からこの病院で手術を受ける人は皆無だった。

香織は真矢に話しの中身をもう一度尋ねて、彩乃の知り合いだと確信したのだ。

普通一人で患者を担当する事は無いから、もしも彩乃が居なくても他の誰かの名前を言うのが普通だから、他に誰も聞かなかったのは知らないからだ！　入院患者ではないのだと結論づけた。


寮に戻った香織は饅頭の包み紙から、この品物が輪島の一部の店にしか置いてない事を聞いた。

益々、不思議に思う香織だ。

加納敏也と親密交際に成ってから三カ月から四カ月だから、今日のあの叔父さん、もしかしてパトロン？

香織の想像がどんどんと膨らむのだった。

白髪交じりの六十代後半の男性、感じは社長さん風と聞いていた。

もう一度饅頭のお店に電話をする香織、だが店員が判らないと答えて、香織はそれ以上の事を調べられなかった。


翌日「香織さん、昨日の饅頭美味しかったですね」と小泉真矢が話す。

「そうね」と微笑む香織は、何かの秘密を知った気分に成っていた。

「賞味期限が明後日までだったから、食べちゃったと彩乃さんには私が言うから、言わないで良いから」と真矢に言う香織。

今度の休みに輪島に行って聞く為に、絵心が有る真矢に「名前を聞いてないから、特徴を似顔絵にしてくれない？　彩乃に伝えたいから、貴女のミスよ」と絵を描かせた。

真矢の描いた似顔絵をコピーして、香織は調べる為に持っていた。

彩乃の反応を見る為に、実家からの帰りを待った。

実家に二人で行った敏也と彩乃に、相変わらず両親は難色を示したのだ。

理由は身分が違いすぎると思い、もう少し考えさせて欲しいで結論を先送りしていた。

仕方無く二人は北海道観光を楽しんで東京に戻ってきた。

彩乃は事実を作れば両親も許すのでは？

敏也との子供が結婚の秘訣だと考えてしまった。

子供が出来たら病院は辞められる。

一石二丁だと彩乃は避妊をしなくなった。

その後のＳＥＸの時「敏也の良いの？」の言葉に「貴方の子供が早く欲しいのよ」と甘えた調子で言う彩乃だった。


その彩乃が北海道から帰って驚愕したのだ。

「この人が彩乃を尋ねて来て、お饅頭を置いて帰ったよ、賞味期限が無かったので、みんなで食べちゃったよ」と微笑みながら言う香織。

「そ、そう」と明らかに動揺をしていた彩乃を、香織は見逃さなかった。

「この人、いつ頃入院していた？」と意地の悪い質問をする香織の言葉に「一年以上前だったと思うわ」と惚ける彩乃。

「関西の人だったかな？　お土産がそうだったから」と動揺する彩乃に意地の悪い事を言うと
「そう、そうよ、大阪の人！　名前ね、神崎さんだったかな？」と話を合わせる。

「そうなのね」香織はこれで自分の予想が的中したと思った。

彩乃は今頃、何を目的で来たのよ、今頃私の廻りを彷徨かないでよ、敏也に見つかったら私は終わってしまうわ、何とかしなければいけない。

でも彩乃は既に郁夫のメールも、電話番号も消去して痕跡を消していた。

彩乃は既に郁夫の携帯番号の記憶も無かった。

輪島方面の人で橘郁夫、彩乃の記憶にはそれだけしか残っていなかった。

何度も旅行に一緒に行って、海外にも数回一緒に行ったのに、もう記憶を消す事だけに、この数カ月努力をしていたからだった。

二人はお互い同じ人間に異なる感情を持って、調べようとしていたのだ。

香織はもう少し脅かしてやろうと、郵便受けにワープロで（君の秘密を彼氏に教えようか？）と書いて放り込んだのだ。

香織も何も判らないから、彩乃の行動が頼りだった。

でも自分の休みと彩乃の休みが同じに成らない香織は、男友達に「お金に成る事見つけたの、手伝わないか？」と持ちかけた。

友人は半信半疑だったが、少し事情を明かすと友人の悠木俊昭が、手伝っても良いと言った。

フリーターで今は仕事をしていないから、交通費を貰えたら調べる事で成立した。

彩乃の休みに寮の近くで見張る悠木、香織が連絡をして寮の様子を伝える。

「今日、何処かに出掛けるわ」

「判った」彩乃は橘を探す為に羽田に向かっていた。

残った僅かな手掛かりを元に探さなければ、大変な事に成る。

敏也との縁談が壊れる。

彩乃は説得をしなければと考えていた。


一方の橘郁夫は、桜見物の別れ方が良くなかったので、もう一度きっちりと別れたかったのだ。

彩乃に彼氏が出来て結婚は目出度い事だから、お祝いもしなければいけないとの気持ちが有ったのだ。

しかし、彩乃は留守で郁夫は仕方無く能登に戻っていた。

また来月行ってみよう、お祝いに高くは無いけれど輪島塗の夫婦箸の高級品を次回は持って行こう。

そうだ、フライパンを欲しいと話していたのは、結婚するからだ。

フライパンより、輪島塗の器のセットが良いかな？

相手の名前が判れば名前入りの箸も良いかも知れないなあ、六年も楽しく過ごしたからなと考えるのだった。


郁夫は子供が二人で女の子がいるが、もう結婚して一人暮らし、妻沙代は次女が結婚と同時に癌で亡くなっていた。

癌が判って結婚を急いだのだ。

妻が亡くなって十年が経過していた。

娘にも子供が生まれて孫が三人、子供と妻が同時に居なくなった橘の家、その寂しさを慰められたのが彩乃の存在だった。

彩乃はその事は全く知らない、お互い殆ど自身の生活を話さなかった。

職場、友達、出身地を明かさない、デリヘルの客とデリヘル嬢との、暗黙のルールだったのかも知れなかった。

香織も次回の自分の休みに能登に行って、この包み紙の饅頭屋に真矢の書いた似顔絵を持参して探す事にしていた。

もし、今日彩乃が先に似顔絵のお爺さんに会えば、場所も名前も判るので、次回の時に話が簡単だと思っていた。

彩乃は郁夫の写真も総て破棄してしまい、手掛かりは今までの郁夫の話と、二人で行った能登の旅館での宿泊名簿、能登の郷土品の販売店を調べる。

名前が判っているから、簡単に判るだろう、電話番号も消してしまって、メールも総て削除している。

いつも連絡の時はリダイアルだから、番号は全く記憶に無かった。

番号調べを依頼したが、住所が判らなければ、調べられないと係に言われて、探しに来たのだ。

能登空港に到着して、地元のタクシーを一日貸し切り予定にして探す予定だ。

「香織、能登空港に到着したよ」と悠木からの電話に「予想した通りだわ」香織は電話の後思わず笑みを見せた。

第七話　九十九湾

彩乃は郁夫と泊まった能登の九十九湾の旅館を目指していた。

二年前

「自宅から少し離れているが、静かでとても良い旅館が有るのだよ」

「車で行くのね」

「能登は車で行かないと、移動が大変だよ」

郁夫は高級車をレンタカーで用意していた。

小松空港に迎えに来てくれて、九十九湾を目指して途中砂浜を走って気持ちの良いドライブを楽しんで旅館に入った。

九十九湾の静かな海を見ながら船の中での食事を楽しんで、散策をして九十九湾を眺めながら魚を釣って、二人は夕食迄楽しんだのを思い出して、タクシーの彩乃は九十九湾に近づいていた。

確かに年齢は大きく離れていたが、気持ちの安らぐ関係だったと昔を懐かしむ。

悠木の乗った運転手が「お客さん！　この先は九十九湾で高級旅館が在るけれど、そこに泊まるのかな?」と尋ねる。

「判らない、兎に角見つからない様に尾行してくれ」

彩乃を尾行する悠木は、初めての尾行に緊張気味に話す。

タクシーの運転手もこの男性は探偵で、不倫の調査に来ているのか？

それとも前のタクシーに乗っている女性の旦那か?と興奮をしながら尾行をしていた。

しばらくしてタクシーは高級旅館九十九湾ホテルに横付けして、彩乃だけが降りて、タクシーはそのまま待機していた。

「この旅館には宿泊しない様ですよ」と様子を見て話す運転手。

「何故?」

「タクシーが待っていますから、直ぐに出て来ますよ」

「何を目的で来たのだろう?」と独り言の様に言って、悠木は彩乃の行動が理解出来なかった。

彩乃の期待とは異なり、橘郁夫は彩乃との宿泊時に偽名を使っていたのだ。

尾長武雄、娘麻紀と記載していた。

いつもの真木賢一、楓にはしていなかった。

郁夫はこの時、娘麻紀と妻の二人を彩乃に求めていた。

一度この旅館に三人で泊まりたいねと、病気の妻に話していたからだった。

彩乃は真木楓と名乗っていた事、異なる名前を使っていた事を知らない。

普通は教えて貰えないのだが、フロントが彩乃を記憶していた。

美人と初老の男との不倫だと思って警戒をしていたから、そこに彩乃は行方が判らないと聞きに来たので、話が危険な方向に進み自殺？と疑いの目で見ていた。

フロントは親切に記憶の中で色々と話して、仲居も呼んで尋ねてくれたのだ。

「あの方は地元の方ですよ、私と話していたら、方言が出ましたから」と仲居の吉永富子が彩乃に教えてくれたが、方言だけではそれ以上特定は出来なかった。

彩乃はこんな事態に成るのなら、携帯番号でも、アドレスでも有れば簡単だったのに、何故消したのだと悔やんでいた。

旅館を出た彩乃は、輪島の郷土品を販売している土産物屋を探して、似顔絵と名前で探すしか術が無いと考えて輪島に向かった。

輪島は朝市で客が来る為、もう時間的に遅くて、店は大半が今日の商売を終了して、数軒しか開いてなかった。

その中の一軒に入る彩乃、悠木も近くに寄って行く。

一度も会ってないので、顔で彩乃に見破られることは無いが、気持ちがどうしても直ぐ側には近寄らせないのだ。

自分が持って居る似顔絵を見せて、店主に尋ねている。

悠木が彩乃はこの似顔絵の男性とは、親しくないと判断をした。

親しければ似顔絵を使わなくても、携帯の写真を見せて尋ねる筈だ。

全く自分と同じ条件だと思っていた。

彩乃が次の店に入ったのを確かめた悠木は店主に「先程の女性は何を探しているのだ？」と尋ねた。

聞き方が高飛車だったので、刑事だと思った店主は「似顔絵の男性を見た事がないか？　名前は多分、橘さんと云う筈と聞かれましたが、知らないと答えました」

「ありがとう」悠木は店を出ると、丁度彩乃も異なる店を出て来た。

タクシーに乗ると和倉温泉に向かって、小さな旅館に宿泊した。

悠木は近くの旅館に空きを探して泊まる事にした。

多分今夜は何処にも行かないだろうと思ったからだ。

電話で香織に今日の彩乃の行動を連絡すると「不思議ね、私は深い仲のお爺さんだと思っていたのに、変ね」と言う。

「僕も彼女も似顔絵だけが頼りだったのには驚きました」

「そうね、名前が橘って云う事だけが違うだけか」と残念そうに言う香織だった。

結局翌日も輪島に向かって、数軒の土産物店を尋ねて聞いて廻るだけで、彩乃は帰路に就いた。

彩乃は衝撃を受けていたのだ。

六年も付き合った相手の住所も判らない事に、自分の事を相手に知られない為に、相手の事も聞かなかった事が、今頃この様に影響するとは、帰りの飛行機の中で、不安だけが大きく鎌首を持ち上げて来るのだった。

全く成果の無いまま彩乃は職場に戻った。


交代で香織が能登に向かって行ったのは、彩乃が戻って数日後だった。

香織は饅頭屋（能登製菓）を尋ねた。

似顔絵と名前の橘で尋ねたが店員は全く知らない。

項垂れて帰る香織に店員が「此処のその包み紙の饅頭は、数カ所で販売していますよ」と教えてくれたのだ。

製造から賞味期限が短い為に、輪島の朝市の店に二軒、和倉温泉の旅館に二軒、能登空港に一軒、軍艦島の近くの土産物店に一軒の六箇所だと教えてくれたのだ。

香織は輪島の朝市と旅館は削除した。

地元の人間が近くの温泉旅館で土産物を買って、東京には持参しないと考えた。

輪島の朝市は先日、彩乃が探して見つからなかったから除外、残るは空港と軍艦島近くの土産物店、可能性が高いのは空港、でも空港なら人数が多くて判らないだろう。

その時点で饅頭からの捜索は無理だ。

レンタカーで軍艦島に向かう香織、五月の風は既に初夏の様に暑い、クーラーが必要に成る程だった。

今日は九十九湾の宿に泊まる事にしていた香織には、軍艦島の場所は遠く無く、のんびりと探す事が出来た。

軍艦島と云う島は本当に軍艦の様な形で、島の廻りは黄色い土が剥き出しで、島の上に樹木が茂って、まるで軍艦が停泊している様に見える。

満潮時には海水に浮かび、干潮時には側まで歩いて行けるのだった。

香織は土産物店に入って、饅頭の包みを見せると、近くの土産物店を教えてくれた。

店先の目に付く場所にその饅頭が置いて有って、香織は確信すると「すみません、この男性知りませんか？　橘さんと云うお名前だと思うのですが？」と尋ねた。

差し出した似顔絵を見て「麻紀さんのお父さん？」と店員の浅木千寿子が口走った。

「麻紀さんって？」と尋ねる香里に怪訝な顔で「この似顔絵の方が何か？」と尋ねる。

「私の知り合いがお世話に成って探していましたので、お手伝いをしています」と香里が言ったので、千寿子は咄嗟に誤魔化そうとした。

子細の判らない事に、知り合いを巻き込まれないと考えたからだ。

「違うかな？　似ていたけれど違うわね、何処から起こしに？」

「東京です」

「東京ですか？　じゃあ、違うわね！　麻紀さんのお父さん、足が不自由で遠くに行けないから」と誤魔化して答えた。

「そうですか」

香織は話しに一抹の不安を感じたが、この場は引き下がる事にして、九十九湾に向かうのだった。

第八話　偶然

下条香織は、九十九湾ホテルに宿泊、担当の仲居は年齢の割には小綺麗な、吉永富子だった。

唐突に香織が再び橘の事を尋ねたので、仲居の吉永富子は不審感を増大させて、香織が食事に行く時間に、部屋に忍び込んで荷物を調べたのだ。

香織は偽名で宿泊をしていたのを、免許証から写し取った吉永富子は、短期間に二人も同じ人物の似顔絵を持って来るのには、何か金に成る事が隠されているのでは？とお金の匂いを感じていた。

吉永富子は息子明夫と二人で暮らしている。

明夫は一昨年ようやく高校を卒業して、仕事に就くと思っていたが、フリーターとしてコンビニのバイト、ガソリンスタンドの店員とか定職に就かず転々としていた。

翌日富子はこの明夫に二人の女が似顔絵を持って来て、橘と云う爺を捜しているのよ、お金の匂いがするから調べてみたら？と相談していた。

何も調べられずに翌日夕方、香織は東京に帰って行った。

富子が口を閉ざしたから、フロントにも変な事に巻き込まれたら困るから、言いませんでしたと伝えたので、誰も香織に喋らなかった。

同じ飛行機に吉永の息子明夫が乗っている事を知らない香織。

明夫は勉強が出来ないが、悪知恵と顔立ちは美男子で背丈も有って女性には不自由しないで育っていた。

今日も空港にいた時から、若い女性の視線を浴びる事が多かった。

香織に視線を送る明夫に香織も気づいて、若い美男子が自分を見ていると、意識を始めていたのだ。


土産物店の浅木千寿子は、麻紀に東京からお父さんと思われる似顔絵を持って、女の人が尋ねて来たわ、何か心辺り有る?と尋ねられていた。

「父はもう長い間、東京に仕事で行きますから、知り合いかしら?」と不思議な顔をした。

「似顔絵って変なのでは?」と千寿子に言われて、郁夫の娘麻紀は父郁夫に伝えなかった。

人違いの可能性も有るから、最近父郁夫が急に元気が無くなった事を、心配していた麻紀だった。

母が亡くなってしばらくは元気が無かったが、この五～六年は若々しく成って、元気で仕事をしていたから、安心をしていたのが、三月から急に元気が無くなって、少し心配に成ってい た。

彩乃と急に別れたのが原因なのだが、娘麻紀が知る筈も無く。

もう六十歳を超えたので、疲れが出たのだろうとしか思っていなかった。

長女の真奈美は金沢に嫁いで、次女の麻紀が父郁夫の見える場所に嫁いで時々郁夫を訪ねていた。

九十九湾の旅館に宿泊した郁夫は、地元で泊まる不安と三人で泊まりたかった思いで、別の偽名と住所を記入していた。

全国に旅をしていた郁夫と彩乃だったが、唯一この九十九湾の旅館だけが、名前も住所も異なっていた。

郁夫は彩乃と最初に会った時から、同じ偽名を使っていた。

その延長でお互いの本名が二人共判ってからも、同じ様に使っていた。

流石に海外に行く時は本名だったが、それでもお互いを呼ぶ時には偽名のままだった。

それほどお互い愛着が有ったのか、楽だったのか？　今では判らないのだ。

羽田空港に到着した時、明夫は香織と手を繋いで出て来た。

香織が声をかけられて、すっかり自分の年齢を忘れて、仲良く成っていた。

明夫には尾行をするより、簡単に近づけるので楽だった。

「お姉さん、看護師さんなのだね」と笑顔で尋ねる明夫。

「君は何をする為に、東京に来たの？」

「お姉さんに会う為ですよ」と笑って言うと「君、口も上手いね」と笑った香織。でも事実を語った明夫の言葉を、異なる様に理解して喜ぶ香織なのだ。

美男子の明夫と歩く香織は気分が良かった。

すると明夫は耳元で「疲れたから、休んでいこう」と囁いたのだ。

勿論ホテルに行こうと行ったのだ。

香織には悠木と云う友人兼恋人が居たが、この明夫は若くて美男子、心が明夫に傾いて、僅か数時間前に会った男性とラブホに入ってしまった。

香織は明夫の若さと、美男子に完全に虜に成ってしまったのだ。

SEXをして安心したのか、べらべらと質問に答えてしまって、同僚が玉の輿に乗りそうなのだが、秘密が有る様子で見つければお金に成ると思うと教えてしまった。

その女にはパトロンがいて、北陸のお爺さんのようだ。

その為に探しに行ったが判らなかった。

唯、男性の名前は教えなかった。

明夫は目的を簡単に達成して、母に電話で内容を伝えたのだ。

看護師が同僚の浮気の証拠を掴みに、九十九湾の旅館に来たと理解した。

その女の名前と結婚相手を探してから帰れと明夫に指示をして、富子は宿泊名簿から、当時の事を思い出そうとしていた。

白髪の老人しか記憶に無かったからだ。


橘郁夫は九十九湾の反対、能登半島の輪島から海岸沿いを走った町、野町に一人で住んでいた。

娘達が結婚して、妻沙代が亡くなって楽しかった彩乃との旅も無くなって、寂しく過ごしていた。

能登の郷土品を日本各地の店に卸して生計を立てている。

東京地区が一番大きな販売先で、関西にも北海道にも九州にも得意先が有る。

自宅の横に小さな事務所と倉庫が有るが、殆どの品物は製造元からの直送に成っている。

従業員を五人雇って、営業と事務を振り分けていた。

地元では中々仕事が少ないので、若い従業員が比較的簡単に見つかって、女性三人が経理と営業事務をして、二人が営業を全国に交代で行く。

東京周辺の大きな得意先を、郁夫が担当をしていた。

流石に男性の若者は少なく、一人は四十代後半の工藤俊一、三十代後半で昨年東京から戻ってきた小宮敦を採用して、郁夫の得意先の九州四国方面を譲っていた。

女性は一人がベテランの片瀬美代子四十代後半で（能登工藝社）の古株だ。

妻沙代が病で倒れてから、この美代子が一人で会社の経理から営業事務を、一人でこなして、会社の窮地を救ったのだ。

数年前から二人の若手が入社して、美代子の仕事も楽に成っていた。

川西由佳二十三歳、松本真結二十二歳を上手に使う美代子は、郁夫の片腕的女性だった。

美代子は二人の子持ちで、亭主は近くの水道工事の会社に勤めている。

郁夫は地元の工芸品の会社にも時々訪問して、オリジナルの商品の発注もお願いしていた。

彩乃の結婚は目出度い事だから、夫婦箸と輪島塗の名前入りの器を贈ろうと考えていた。

六年も楽しく過ごして、妻の死を忘れさせてくれた感謝を持って、その為には相手の名前を調べなければ成らない。

数日後、病院に勇気を持って電話をした郁夫、電話は交換から七階のナースセンターに繋がれて、香織が電話に出たのだ。

運命の電話だった。

第九話　連続殺人事件

「すみません、真木と申しますが、田辺彩乃さんいらっしゃいませんか?」

郁夫は此処でも偽名を使った。

「今日の田辺は遅番で夕方からですよ」と香織は答えたが、声の感じから年齢は?　真矢の会った初老の似顔絵をイメージしていた。

「何かご用なら伝えますが?」

「そうですか、つかぬ事をお聞きしますが、田辺さんのご結婚が近いとお聞きしたのですが?　お相手のお名前判りますか?」

「えー、プライベートな事なのでお教え出来ないのですが」

「いえ、怪しい者では有りません、引き出物の依頼で品物に名前を入れますので、お聞きしたかったのです」

「業者さん？」

「は、はい」

「それなら、いいわね！　また電話貰うのは気の毒ね、株式会社ＫＡＮＯＵの御曹司で、加納敏也さんよ」香織は教えなくても良い事まで教えた。

このお爺さんがパトロンならトラブルが起こって、そして破談に成る事を考えていたのだ。

郁夫は意外に簡単に名前を教えて貰って、これで箸にも器にも名前が入れられると喜んで、
明日地元の製造元に行こうと考えたのだ。


夕方彩乃に「昼間、男の人から電話が有ったわ、真木とか名乗っていたわ」と教えると彩乃の
顔色が目に見えて変わった。

間違い無い、橘郁夫はこの病院で自分が働いて居る事を突き止めたのだ。

先日の饅頭を持参したのも、私と再び交際をする為か？と考える彩乃に香織が「ＫＡＮＯＵ
の御曹司と結婚する事知っていたわよ、誰なの？」話してみた。

彩乃は「世話に成った人よ」とは言ったが動揺は隠せなかった。

恐い男だわ、職場の次は結婚相手まで調べていたの？

未練にも程が有るわ、恐い！　敏也さんに会いに行かないでしょうね？

敏也さんに会われて、もしデリヘルの事、二人の関係を喋られると私は終わりだわ、どうすれば？

彩乃は恐怖に怯える日々に変わった。


二カ月後、彩乃は身体に変調を感じて、敏也との子供が出来たのだ。

これで両親は説得出来ると思い、加納敏也に密かに語る彩乃は、幸せを噛み締めていた。


同じ頃、熱海の旅館で変死体が発見されていた。

能登工芸社社長、橘郁夫六十一歳、チェックアウトに来ないので部屋に行ったら、亡くなって居たのだ。

静岡県警の佐山次郎と野平一平刑事が死体を見て「青酸化合物だな」と言った。

「何に入っていたのでしょうね？」

普通飲み物とか有るのだが、ビールを飲んでいての突然の死亡の様に見えた。

連れは居なくて、始めから一人で宿泊をしていた。

来客も無、不思議な事は翌日も泊まる予定に成っていた。

一人で高級な旅館に連泊が不自然だった事位だった。

娘が二人夕方、郁夫と涙の対面をして「自殺ですか?」「他殺ですか?」と一平に聞いた。

「判りません」と答えるだけの一平だった。

解剖の結果、カプセルの青酸化合物を飲んでいた。

ビールで流し込んだ様だった。

何故?　熱海に連泊で?が疑問だった。

過去に橘郁夫の宿泊履歴は無くて、自殺の動機も他殺の痕跡も無かった。

唯、メッキ製品の取り扱いで、昔から郁夫が工場に出入りしていたので、入手は可能かも知れないと娘の戸山真奈美が語った。

だが、次女の佐古麻紀は郁夫が自殺する動機は皆無だと話して、自殺説を否定していた。


佐山と一平は能登に向かって、郁夫の最近の行動を調べた。

会社は小さいが経営が苦しい様子も無く、自殺の動機は考えられなかった。

メッキ工場に行くと、昔は判りませんが、最近は青酸化合物の管理は万全ですから、少しの量も誤差が有りません。

何十年も前なら判りませんが?とも付け加えて話したから、郁夫が以前から持っていた?

咄嗟の自殺？　事件は迷宮？　とまで考える二人。


その半月後、今度は女性の死体がラブホで発見された。

解剖の結果青酸化合物による窒息死、女はデリヘル嬢のミサ、人妻デリヘルサイト「昼の情事」の従業員、年齢は三十九歳、サイトの年齢は、三十三歳と表示されていた。

本名は児玉愛子、看護師で先月佃総合病院を退職して、現在は無職だった。

彼女を呼んだ男性を通話記録から探して、事情を聞く為に静岡県警に依頼が来たのだ。

食品ブローカーの六十六歳の男性で、島田に住んで居る東田菊夫。

この東田がホテルの部屋を出て勘定を払って、しばらくして愛子は死んだ様なのだ。

だがこの東田が犯人とは断定出来ない。

事情を聞く為に資料を取り寄せる佐山達。

「また、青酸の事件ですか？」

「そうだ、この前の事件と似ているな」

一平の話に不思議に思う佐山だったが、共通点は青酸化合物による死体だけだった。

送られて来た資料をコピーして持ち帰って、明日朝から東田に会う事に成っていた。

電話で東田に尋ねると「家の者には内緒にお願いします」と懇願した。

捜査には全面的に協力するから、と明日の十時に島田の駅前で会うと約束をしたのだった。

夜、資料を見た一平の妻、美優が「一平ちゃん、このカプセル似ているね」と呟いた。

「こんなカプセル、何処にでも売っている物だろう？」と相手にしないが「でもね、大きさも同じだよ、一応調べて見たら？」

「判った、調べて見るよ」

「沢山大きさ有ると思うわ、会社も何社か有るわよ」美優はパソコンのネットで調べて言った。

唯、能登の工芸品とか土産物を販売している男性の死亡と東京のデリヘル嬢では、全く接点が無いのも事実だった。

真面目な田舎の社長が、デリヘル遊びをするとは考えられない一平だった。

翌日島田駅前の喫茶店の片隅で、伊藤刑事と一平が東田に対面して事情を聞いた。

東田は数年前からこの人妻サイトを利用していたが、ミサは今回初めて呼んだと言った。

いつも呼ぶカスミが体調不良で急に休んだので、急遽ミサが来たと話した。

ホテルの部屋にいる時に、変わった様子は全く無かったと話した。

唯、彼女が「私ももう歳だからこのバイトは辞めようと思うのよ」と話していたと語った。

実際の年齢を聞いて東田は納得していたが「何処かに就職するの？」と尋ねたら「永久にお金が入る仕事見つけたのよ」と笑っていたと話してくれたのだった。

永久にお金が入る仕事？　二人はこの愛子が誰かを揺すっていたと感じた。

第十話　手掛かり

「犯人では無いようですね」と伊藤が言うと「そうだな、助平爺だな」と一平が笑った。

署に戻った一平はその事実を東京の担当刑事に話して、カプセルの製造元判りますかと尋ねた。

夕方に成って、一平に東京からカプセルの製造元と大きさがファクシミリで届いた。

「同じだ！」と呟く一平。

美優の洞察力に驚くが、メーカーに電話で尋ねると、その販売量の多さと販売店の多さに「決め手には成らないな」と呟いた。

夜自宅に戻った一平が美優にその話をすると「逆も言えるわ、そんなに多くの中で同じ物が使われて居たのは不思議議よ」と言った。

「そうとも、言えるのか」自分で納得をする一平だった。

「私、彼の子供が出来たのよ、もうすぐ結婚するから」

「良かったわね、幸せにね」

彩乃が香織に話すと香織も彩乃の結婚を祝福していた。

香織には若い恋人吉永明夫が出来たから、彩乃の彼氏加納敏也に焼き餅を焼かなく成っていたのだ。

それよりも二人が早く結婚して、加納家に入り込む事を願っていたのだ。

田辺の実家では子供が出来た！の知らせに諦め顔で、仕方が無いなあ結婚を認めるかに成って、お腹が目立つ迄に式を行う事に成った。

彩乃は大喜びで式の段取りを決める。

敏也も自分の子供と嫁が同時に来ると大喜びに成った。


その頃、能登工芸社に届け物が届いた。

郁夫が依頼していた名前入りのお椀のセットと夫婦箸だった。

美代子は包みを開けてから、高価な品物に名前入りのお祝い品だが誰か判らない。判るのは男性がとしや、女性があやのと書いて有るだけ、郁夫は漢字が判らないから、総てをひらがなで作らせていたのだ。

送り先も誰なのか？

従業員に聞いても誰も知らない、二人の娘も心辺りが無かった。

美代子は一応、警察に連絡をしようと佐山に連絡を入れた。

手掛かりの無かった静岡県警には、何でも良いので手掛かりが欲しかった。

早速一平と佐山は、異なる手掛かりを求めて能登に向かった。

もう一度郁夫の行動を調査する為でも有った。

佐山がそのお椀と箸を見て「綺麗ですね、漆ですか？」

「そうですね、最低二カ月は制作に必要でしょうね」美代子が言うと一平が「二、三カ月前変わった事は？」

「そうですね、三月位でしたか、社長さんが落ち込んでいましたね」

「少し時期が違いますね」

「しばらくして、独り言の様に、目出度い、目出度いと言っていましたね」

「じゃあ、この品はその目出度い人に贈る品物ですかね」

「でも、この名前の人は誰もいませんね」

「今日お邪魔したのは、この件以外に昔の領収書とか、カードの明細が有れば見せて頂きたいと、何か手掛かりが無いかと思いまして」そう告げると、几帳面な美代子が奥の部屋から領収書の束を綴った物を持って来た。

二人はその束を預かって帰ると告げると、美代子は「社長は自殺する人では無いです、それに人に恨まれる事をする人では絶対に有りません」と断言した。

「じゃあ、恨みで殺される事もない訳ですね」と佐山が尋ねると「優しい人です、いつも気を使って、出張の時も土産を買ってきてくれました」と話した。

「各地に行かれるのですか？」

「去年は得意先の方と海外にも行かれて、私達にお土産を買って来て貰いました」

「海外はよく行かれますか？」一平が尋ねると「殆ど行きません、長時間乗るのが嫌だと言われていました、それが昨年はベトナムに行かれましたね」

「そんなに、遠くでは？」と不思議そうに尋ねる。

「社長には五時間以上は遠い様ですよ、タイとかハワイに行く誘いを昔は断っていましたよ」と話す美代子。

「ベトナムも時間が五時間以上ですよね」佐山が尋ねる。

「私も不思議に思ったのですよ、珍しいですねと言うと、牛に引かれて何とかと言うあれですよ、と笑って居ましたね」

二人は粗方の話しを聞いて事務所を後にした。

能登半島の海岸の道路を少し走ると、塩田が観光地に成って、数人の観光客が珍しそうに眺めていた。

しばらく走ると今度は谷底に無数の水田が並ぶ、千枚田の段々の畑が眼下に見える。

壮大な景色に二人は暫し観光気分に成っていた。


領収の束を佐山と一平が半分に分けて自宅に持ち帰った。

多いから手分けして手掛かりを探そうとしていた。

自宅に帰ると「能登のお土産は?」と領収の束を見て美優が言うと「パパ、お土産! 無いの?」と美加が怒る。

「すまない、すまない、これが重くて買うのを忘れたよ」と謝る一平に「今度は必ず買って来てよ」と美優が言う。

「今度は必ずよ」と美加が続けて言うのだった。

そう言いながらも美優は、領収書の束を探し始める。

「何年分?」

「判らない、これで半分だよ、佐山さんが持って帰ったからね」

几帳面な美代子は、月ごと年ごとに綴じて見やすく成っていた。

「これは、古い領収書ね！　八年位前のだわ」

「これは四年前だ、佐山さんの処に最近の分が行ったのか」

二人は眠そうな目を擦りながら調べる。

しばらくして美優が「五年前から、日本各地の領収書が有るわね、何故？　月に一度だけれど、観光地の領収書も有るわ、カードの支払いも増えているわ」と美優が調べている。

しばらくして「一平ちゃん、有ったわよ！」と叫ぶ美優。

驚いて「何が？」と尋ねる一平。

「これだわ！」と一枚のカードの支払い用紙を指さす。

「これが何か？」と不思議そうな顔の一平に「これ、熱海のカードの明細よ！」

「えー！　あの旅館に昔泊まっていたの？」と驚き顔の一平。

「この金額は結構高いから、二人で泊まっているわよ」

それはもう七年近く前の物だった。

「お手柄だったよ、明日早速旅館に聞きに行くよ」

過去の宿泊の記録が無いのにカードの明細がある。

偽名で宿泊している？　何か新しい事が判る気がしていた一平と美優だった。

翌日伊藤刑事と一平は熱海の旅館に行く。

事実を話すとコンピューターで調べる係の人が「時々会社のカードを使われますので、その場合は本人様とカードの名義人が異なりますから」と説明をした。

「当時の宿帳は？」

「もう有りませんね、コンピューターに入力しますと、捨てますから」

「該当の日時の人は？　男二人？　男女のどちらかだと思うのですが？」と伊藤が言うと画面に宿泊師者の名前が出ている。

手帳に書き留める伊藤刑事。

「この五組位でしょうね」と係の男性が言う。

「何故？」

「この金額で二人なら、露天風呂付の部屋の料金だと思いますので」と説明をする。

神戸の戸田夫婦、宇都宮の真鍋夫婦、大阪の坂田親子、島根の真木親子、名古屋の横川夫婦の五組が該当すると教えてくれた。

第十一話　宮島にて

五組の住所も電話番号も名古屋の横川、神戸の戸田の二組以外は出鱈目の住所に連絡先だった。

この三組のどれかだが、年齢的に該当するのは島根の真木賢一と娘楓だが、娘の年齢は書いてない、もう一人宇都宮真鍋誠、妻桂子が該当する。

大阪の坂田親子は除外でよいだろう。

年齢は七十八歳、子供が五十歳で橘さんとは異なるだろう。

一平が能登の会社に真鍋誠、桂子、真木賢一、楓を尋ねたが会社では全く両方の名前に心辺りは無いとの答えだった。

翌日伊藤と一平は再び熱海の旅館を訪れて、十年以上勤めている仲居に話しを聞いた。

すると真鍋さんを記憶していて、多分愛人だと思うと答えて、その後も二、三度この旅館に宿泊したと、答えてくれたのだ。

そして、一度偽名を使うと不思議と同じ名前を何処ででも使う人が多い、との情報も得た。

橘郁夫は真木賢一の偽名を使っていたと判明したが、連れの楓と名乗る女性の年齢も顔も仲居も覚えて居なかった。

自宅に帰った一平に美優が「領収書の中に旅館の物は少ないわ」と話した。

「どう云う意味？」と一平が尋ねる。

「多分この時現金が無かった？　他の観光地の領収書は有るけれど、その場所の旅館の領収書は無いのよ」

美優はこの領収書の観光地に出向いて、旅館を調べる必要が有ると、一平に進言していた。

観光地の領収書は多い、佐山が今日「最近の領収書で、宮島に二回同じ時期に行ったと思われる」と発表をしていた。

美優の意見を総合すると、橘郁夫は楓と云う若い女性と偽名で、日本各地の高級旅館に宿泊している。

露天風呂付の部屋、宮島に行けばこの真木親子の存在が判明する可能性が高い。

取り敢えず一平達は、宮島で露天風呂付の部屋の有る旅館を調べて、真木賢一が宿泊しているかを、調べて貰う作業に着手した。

宮島近辺の地区まで対象に入れて、捜査員全員での電話で手分けをしてお願いをしたのだ。

翌日、宮島の旅館から該当者が宿泊の事実が見つかる。

佐山と一平が、明日その旅館に領収書をコピーして向かう事に成った。

「一平ちゃん、もみじ饅頭を忘れないでね」

「パパ、モミジだよ」と美加も同じ様に言う言葉に、見送られて新幹線に乗り込む二人。

手掛かりを求めて宮島のホテルに行くと、支配人と仲居が待っていて二人に対応してくれた。

「二回此処に宿泊されていますね、親子と云う設定ですが、その様に見えましたか？」

「そうですね、少し白髪のお爺さんと云う感じでしたから、親子よりも孫でも信じますよ」

「女性はそんなに若い？」

「ですね、二度目の時しかお世話していませんが、二十歳後半かな？　スタイルの良い美人でしたね」と仲居は昔を思い出す様に言った。

「他に何か記憶に残っている事は有りませんか？」

「二回共、当館の最高級の部屋で、宮島の大鳥居が目の前に見える露天風呂付の部屋ですから、親子でなければ愛人関係だったと思いますよ」支配人が昔の宿泊の控えを見ながら言った。

郁夫の写真で二人は少し思い出したのか、仲居が「お二人ともお酒がお好きでしたね、女性も生ビールを沢山飲まれていましたよ」と話した。

佐山達は何か思い出したらまた教えて下さいとお願いをして、今夜はこの旅館に宿泊する事にした。

会社の人間も家族も知らない女性が郁夫に存在したと、二人は確信をしたが、郁夫の自殺、他殺を決定する決め手には成らなかった。

夕食迄時間が少し有るので、厳島神社の回廊を廻って、宮島の雰囲気を楽しんだ。

引き潮で大鳥居まで歩ける状態に成っていて、二人は歩いて大鳥居の下まで行って「大きいな」と見上げて感動をしていた。


食事の時、仲居が「刑事さん、思い出した事が有るのですが」と言い出した。

「何を思い出しましたか？」

「同伴の女性が大事そうに御札を持っていましたよ」

「御札ですか？」

「はい、厳島神社でご祈祷を受けた人だけが貰える御札を持っていらっしゃったと思います」

「それは、住所とか名前を書いて神主がお祈りをする？」と尋ねる。

「そうです」

「ありがとう、明日神社で調べよう」佐山と一平は大きな収穫だと思った。

ご祈祷に偽名を書く人はいないから、本名が判ると期待をした。

翌日二人は二年近い前の、二人が泊まった二日間のご祈祷を受けた人の、名簿を見せて貰える様に頼んだ。

直ぐには探せないので、後程探して送ると言った。

丁度寄付のお願いを今発送するために、パソコンから打ち出しをしていると言うので、調べて貰ったが、その中に橘郁夫の名前は存在しなかった。

橘郁夫はこの神社でのご祈祷は受けていないと、神官が二人に教えてくれた。

「佐山さん、一緒に来た若い女性だけがご祈祷を受けたのですかね？」

「そうなるな、二人で旅行に来て一人だけがご祈祷を受ける？」

「二人の関係がよく判らないいな」と佐山が怪訝な顔をする。

送られて来るのを待つ事にして、二人は他の領収書の場所に向かう事にした。

しかし、どの場所も郁夫の顔を覚えている人は皆無だったので、諦めて新岩国から新幹線に乗り込む二人だった。


二日後、静岡県警に厳島神社から名簿が届いた。

「女性一人か、男女の名簿だけで、他は必要無い」と佐山が言うが、女性一人は三名で、男女は十五組有ったが、橘郁夫の名前が無かったので除外、女性三人も若い女性は一人だった。

「この女性だけですよ、田辺彩乃さん、二十九歳」

「住まいは？　東京ですね」

捜査本部ではこの田辺彩乃に事情を聞く為に、明日東京に向かう事に成った。

翌日住所の場所に行った一平と伊藤は「此処は、大きな家で加納って書いて有りますよ」と邸宅を見て言う。

「でも住所は此処だな」

その時お手伝いの女性が加納の自宅から出て来た。

「この辺りに田辺彩乃さんと云う女性はいらっしゃいませんか？」と尋ねる。

「存じませんね」

新しく来たお手伝いの女性には、田辺彩乃の事は知らなかったのだ。

「困りましたね、適当な住所を書いたのでしょうか？」

「何か関係が有ると思うのだけれどな」二人は壁に当たった心境だった。

彩乃は宮島に行った時、敏也と付き合い始めた時だった。

神様に敏也の妻に成ってこの大きな家に住めます様にと、お祈りをしていたのだ。

捜査は壁に突き当たっていた。

能登に田辺彩乃と云う女性の事を聞いたが、会社も自宅も知っている人は皆無だった。

警察も美代子も、郁夫の作った箸とお椀の名前の彩乃を完全に忘れていた。

第十二話　脅迫

彩乃のお腹が大きく成る前に挙式が行われる事に成って、北海道から両親が東京に出て来て、盛大な挙式が行われた。

式の少し前にKTT病院を退職した彩乃は、看護師仲間に見送られて、あの香織とも仲良く成って、送別会を行ってくれたのだ。

香織には早く結婚をして、加納の家に入って欲しかったので喜んでいた。

新婚旅行にハワイに行った敏也と彩乃は、幸せの絶頂に成っていた。

警視庁の刑事がデリヘル嬢ミサ、本名児玉愛子の事件を殺人事件と確定していた。

それは友人に、もうすぐ纏まったお金が入ると話していた事を突き止めたからだ。

静岡県警の二人が東田の話しを伝えていなかったので、警視庁は遅れて知ったのだった。

もう一つ児玉愛子が次の就職先に決まっていたのが、KTT病院だったと警視庁が友人の話で突き止めたのだ。

KTT病院に勤めるのと纏まったお金が入るのとは、直接関係は無いのだろうが、不思議な話だと思ったのだ。

警視庁もこのデリヘル嬢殺人事件の捜査本部を設けて、十人の刑事が懸命に聞き込みをしていた。

その中で愛子は数年前からデリヘル数店を、変わりながら勤めている事を調べ上げていた。もう十年以上前から勤めて、一箇所に二年程度で異なる店に変わって、しばらく休んでまた働く感じで、合計十数年がデリヘル嬢で勤める期間に成っていたのだ。

今度はKTT病院に勤めながら、纏まった金が入ると一人の刑事馬場修司は考えていた。その友人にもう歳だからね、いつまでもデリヘル嬢は出来ないよと話していたから、今度の就職と何か関連が有るのでは？と推理をして病院に就職の経緯を聞いたが、今は看護師不足で経験が豊富な看護師さんなら何処でも歓迎ですよ、と言われて期待を裏切られていた。

馬場は誰かの紹介で就職したと考えたからだった。


美優と一平が夜、事件の話しをしていると、子供の美加が食事の時に、よく箸を噛むので先がささくれているのを一平が見て「あっ、そうだ」と大きな声をあげた。

「どうしたの？」と聞く美優に「今、美加の箸を見ていて思い出した、郁夫が亡くなる前に、注文していた夫婦箸と椀の名前確か彩乃だった」

「えー、一平ちゃん繋がったのでは？」と美優が微笑んだ。

　一平は確かめる為に佐山に電話で確認をする。

「田辺彩乃と云う女性の結婚の祝いに郁夫は作ったのだよ」一平が得意顔に成って言う。

「そうね、間違い無いわね」

「二人は愛人関係では無かったのだよ」

「愛人関係の人が愛人のお祝い箸を作って、神社にお祈りには行かないわよね」

「そうだよ、有り得ないな」

「二人の関係は？」

「隠し子かも知れない」

「隠し子と楽しんでいたが、結婚が決まってお祝いを用意していた」

　二人はその様に考えたが、じゃあ何故？　自殺？　他殺？

「郁夫さんの携帯の記録には彩乃さんって出て来るの？」

「全く出て来ない、楓さんでも？」

「無かった」

「隠し子だから、秘密にしたのかもね」と二人の話は隠し子に向かってしまうのだった。

それ程、郁夫の行動と彩乃の行動に違いが有ったからだ。

郁夫は妻の死後寂しさを、安らぎに変えてくれた彩乃に感謝していたが彩乃は郁夫から、自分の過去が暴露される事に対する恐怖で怯えて居たのだ。

敏也はお金の為に身体を売る女性を極端に毛嫌いしている。

自分の過去の、ある時間が敏也の耳に入ると捨てられるのは確実だった。

交際中も何度か友人にその様な女性は居ないかと聞かれて、一切無いと答えると敏也は安心したのだ。

敏也の父親の敏夫も、母の圓もその様な職業の女性を軽蔑していたから、子供全員がその様な考えが強く成ったと彩乃は理解していた。

新興市場とは云え、上場企業で株式会社ＫＡＮＯＵの長男の嫁に彩乃は座ったのだ。


順風満帆だと思った。

橘郁夫からの連絡はあの日から無くなったから、もう安心をしたのだ。

熱海の旅館の事件は記事としては小さな物で、彩乃の目には付かなかった。

自殺か他殺か判らないので、発表が小さく地元の新聞に掲載されただけだった。

警視庁の馬場刑事がＫＴＴ病院に聞き込みに来たが、事務局では単なる一般応募で院内の誰かの紹介とかは一切無い。

亡くなってしまって、しかもデリヘル嬢だった事実と病院は一切関係無いと毛嫌いをして、採用の事実も隠してくれる様に、反対に馬場刑事に頼んだのだ。

二つの事件は迷宮入りに近い状況で、郁夫は自殺の割合が高くなったが、隠し子の話はまだ能登の実家には聞けていなかった。

もし、何かの事情で自殺をしていたら、家族に伝えて良い物か静岡県警でも意見が分かれた。


数カ月後、彩乃は無事に男児を出産した。

敏也も両親も大喜びで、長男に純也と名付けて溺愛の二人だった。

これで名実共に加納家の嫁の座を手に入れた彩乃だった。

退院して、一月後匿名の手紙が彩乃に届いた。

内容は彩乃の過去を知っている男だ。

お金を用意して、口座に振り込めと書いて有ったので、彩乃は震え上がった。

今頃脅迫をしてくるのは誰？　橘郁夫の関係者は今頃言って来ないだろう？

悪戯か？　彩乃は金持ちに対する嫉妬だと放置していた。

一週間後、口座番号と口座の名義が書かれて送られて来た。

彩乃は全く知らない女性の名前、唯、銀行は北陸を地盤にしている銀行だった。

彩乃が驚いたのは（楓さん、よろしくね）と書いて有ったのだ。

金額は五十万だが、今後も続く可能性が大きいから、不安が増大する彩乃だ。

相談相手が居ない彩乃、簡単に相談を出来る事柄では無かったから、悩む毎日が続くのだ。

振り込みをしない彩乃に再び、今度はメールが届く、Cメールだから携帯番号を知っている北陸の人間、郁夫に関係の有る人間は確定だと思う彩乃だ。

だが郁夫の住所も知らない彩乃、敏也の目を盗んで探偵を雇う事にして、口座の女性を調べる事にしたのだ。

丸山尚子の名前は彩乃には全く知らない名前で、過去の関わりも全く無いと思う。

探偵芝崎和紀は彩乃に取り敢えずお金を一度振り込んで、様子をみましょうと言ったのだ。

振り込むと（またお願いするわね、幸せに）とメールが来たのだ。

第十三話　連続殺人の真相

一週間後、探偵芝崎は彩乃に「丸山尚子が判りました、大学生でした」と伝えて来た。

「何処の？」

「金沢の大学生で様子を見ているのですが、取り敢えず住所送ります」そう言ってメールで現住所を送って来た。

金沢市内のアパートに成っている。

「尾行をしているのですが、奥様を脅迫している感じは全く有りません、普通の学生です、一度接触してみます」

「気を付けて下さい」

彩乃はこの探偵芝崎には脅迫の内容は話していなかった。

昔の整形をネタに脅迫してきたのか？　人間違いか？

昔付き合った恋人か判らない？

ストーカーに追い掛けられた事も有ると教えていた。

敏也さんとか家の人に心配をかけたくないので、早く解決したいのだと言ってはいたが、柴崎は他に脅迫の秘密が有ると感じていた。

長年の勘でそれ以上は後々判ると思っていた。

その後尚子に接触した柴崎は、尚子の言葉に今回の脅迫に全く関係の無い人物だと確信していた。

田辺彩乃も加納の家も全く知らない感じで、柴崎はこの口座からの犯人の特定は困難だと思った。

では誰が何を脅迫しているのだろう?

金額が小さいのは何度も揺する計画だと柴崎は考えていた。

柴崎は口座の話しを尚子に話してないので、尚子は何も調べ無いだろう。

長年の勘で話しを少し聞いただけで、本当か嘘かは直ぐに見分けられるのが柴崎の特技の一つだった。

数カ月前、彩乃は病院に来たと云われた郁夫に怯えていた。

小泉真矢の書いた似顔絵を持って能登に行ったが、見つけられたかった。

香織の嘘に動揺した彩乃を香織は見逃さなかった。

郁夫が病院の入院患者で無い事は直ぐに判った香織だ。

真木と名乗る初老の男性がその翌月、再び今度は病院の寮にやって来たのだ。

どうしても会って話しがしたい郁夫は、香織の親切に縋ろうと、携帯の番号を教えて連絡を待つ事にしたのだ。

吉永明夫と交際をしていた香織は、情報を明夫に教えていた。

何度も会って上手に情報を聞き出す明夫、その話は明夫の母親富子に連絡されて、旅館に泊まった長尾武雄と娘麻紀の正体が、富子の頭で繋がったのだ。


彩乃は郁夫が亡くなった事実を知らない。

新聞もテレビも見る機会が少ない彩乃は、全く知らない事件だった。

彩乃に「貴女が留守の時に真木さんと云うお爺さんが来て、手紙を預かったわ」

不安な顔の彩乃に香織が手紙を渡すと、早速隠れて読み出す彩乃、中には加納敏也さんとの結婚おめでとう、お幸せに　真木と書いて渡していた。

彩乃はこれで郁夫は自分の事を、諦めてくれたと解釈をして安心したのだ。

彩乃は香織の手の平の上で踊らされていたのだ。

だがそれよりも恐いのは吉永親子だった。

「この手紙を爺に渡して、決定的な金にしよう」明夫が香織に話す。

「不倫現場を押さえるの？」

「そうだ、精力剤を与えて、頑張って貰おう」微笑む明夫。

「面白いわね」明夫は香織に出鱈目を話して手紙と薬を渡した。

彩乃の外出を監視する香織、小さな事件に目を光らせる明夫、何も知らない彩乃。


香織は郁夫を病院に呼び出して彩乃の伝言だと言って、手紙を渡した。

中には、始めて泊まった旅館で待つ、今回でお別れです。

最後に楽しみたいから精力剤を入れて置きます。

最後に真木さんと楽しみたいと来月の日時を書いて渡した。

二日間のどちらかで時間を作って行きます。

精力剤は二日以上効果が持続しますから、準備をして待っていて下さい。

香織には郁夫が何処で待つか判らなかったが、場所は何処でも良かった。

香織は彩乃が行くのを尾行して、明夫が不倫現場を撮影して揺する材料にすると思っていた。

手渡された手紙をそのまま、郁夫に手渡したのだ。

何を怯えて居たのかが全く判らなかった香織に、彩乃が教えてくれたのだ。

ある日面接に訪れた児玉愛子と彩乃が病院で会ってしまった。

彩乃の驚きは半端では無かった。

結婚間近にデリヘルを紹介した児玉に会って、その児玉がこの病院に就職をすると云う、彩乃は絶体絶命の危機に成った。

香織は彩乃の態度を不審に思って、愛子を追い掛けて尋ねて情報を聞き出してしまったのだ。

それは有力な情報だった。

彩乃がデリヘルをしていた事実、お金の出所が判ったのと同時に真木と云う初老の男が、彩乃の客でパトロンだと推測したのだ。

愛子に彩乃の結婚の話しをして、二人で揺する段取りまで話したのだ。

香織に愛子は喜んで協力すると話した。


児玉愛子が絡んでくると困る明夫が、客として東田の前に愛子とSEXまでして、散々遊んだのだ。

若い明夫が勃起薬を飲んで愛子を責め立てて疲れた時に、この薬を仕事が終わって飲めば、明日はすっきりしてまた稼げる。

早く飲むと眠るから、最後の客の後に飲めば効果が出ると教えていた。

「私は、普通ＳＥＸはしないのよ、貴方が素敵だから、思わず燃えちゃったけれどね」と愛子は笑って、明夫はまた今度呼ぶよと言って別れていた。

この様にして二人は自分で薬を飲んで亡くなった。

香織も明夫も知らない時間にこの世から消えた。

香織は愛子から連絡が無くなって数日後に事件を知ったが、犯人が明夫とは全く知らないのだった。

彩乃の困る問題が次々と第三者が消していたが、その事実を全く知らない。

今度明夫は加納の家のお金を、彩乃が自由に使える様にするための方法を考えていたのだ。

こうして、全く思惑の異なる三人が同じレールを走っていた。


静岡県警では、橘郁夫と田辺彩乃は親子で隠し子、月に一度の旅行を楽しんでいた。

彩乃の結婚祝いの品を作り、宮島にご祈祷に二人で行ったとする方向だった。

判らないのは自殺？の動機。

青酸化合物は昔に手に入れて持っていた可能性がある。

動機が無い、隠し子でも結婚式は楽しみだろう？

捜査本部はこの田辺彩乃の存在を調べる事に重点を置いていた。

第十四話　第三の死体

探偵柴崎は彩乃の過去を洗い出していた。

何か材料が有る筈だと思っていたからだ。

結婚の前に勤めていたＫＴＴ病院に調査に来た柴崎に、思わぬ人間の接触が有ったのだ。

最近、相手にされない悠木が香織と口論をしている現場に遭遇したのだ。

これは何か有ると、香織と別れた悠木に近づく芝崎、知っていながら「此処に勤めて居る田辺彩乃さんの調査依頼で来た」と名刺を差し出す芝崎、驚いた顔をする悠木。

「あの田辺彩乃は何の秘密が有るのですか?」と今度は怒った様に言い出す悠木。

場所を変えて話しましょうと連れ出す芝崎、それを小泉真矢が見ていた。

「今、刑事みたいな人と香織さんの彼何処かに行きましたよ」と香織に話した。

その話は直ぐさま、明夫に伝わった。

悠木に刑事が接触している。

明夫は自分の悪事が露見するのでは？の恐怖が常に有った。

刑事と言う言葉に異常に反応した。

日頃から香織から悠木を最初に彩乃を尾行させたのが失敗だったわ、別れてくれなくて困っているのよと話していた。

刑事が彩乃の尾行に気づいて、悠木に接触してきたと誤解をした明夫は、直ぐに母親に相談をするのだった。

富子は悠木を始末しなければ、自分達に捜査の手が及ぶと勝手に誤解を増大させてしまった。

昔明夫が付き合っていた丸山尚子の口座に、初めて五十万が振り込まれて、これから徐々に金額を増やして、儲けようと考えていた矢先にハエの始末をしなければ成らなく成ったと、考える富子なのだ。

数十年前に夫が持ち帰った青酸化合物が、今頃役に立つとは思いもしなかった富子、付き合ってしばらくして、明夫の父親、桂木静夫は富子に結婚を迫っていた。

富子は美人で評判だったが、桂木の家は名門のメッキ工房で静夫はその家の長男、両親は富子との結婚を反対して、諦め切れない気の弱い静夫は、無理心中を富子に強要した。

自分は先に死ぬ、必ずこの薬で後を付いてきてくれと言い残したが、富子は明夫の妊娠を知って、死にきれなかった。

その後、実家に子供を残して金沢の夜の仕事で稼いで、歳を重ねてから九十九の旅館に住み込みで働いたのは金沢から逃げて来たから、若い時の仕事で多くの人を騙していたから隠れ住んだのだが、明夫を一人で育てて金持ちを憎んでいた。


明夫は香織に「九十九の旅館に悠木を誘い出して欲しい」

「どうするの？」

「友人に頼んで、お前の前を彷徨かない様に言って貰うのだよ」

「恐いわね、でも始末しなければ、強請が露見して、危ないわね」

香織は北陸旅行に行こうと悠木を言葉巧みに誘った。

最近邪険にされていた悠木は喜んで、能登の貴方が調べに行った旅館に泊まろうと言うと、大喜びに成った。

豪華な旅館に香織と泊まれると、悠木の張り切りは相当な物だった。

「これ精力剤よ、食事の前に飲んで」

「まだまだ、元気だよ」と言う悠木に「か。た。いのが好きよ」と耳元で囁く香織にその気に成る悠木だった。

旅館に到着すると香織は悠木に先に大浴場に行く様に勧める。

自分も直ぐに行くからと言って、悠木が浴衣に着替えて部屋を出ると、直ぐさま荷物を置いて、必要な物だけ持って旅館を出てしまった。

富子の計らいでこの部屋は誰も宿泊に成っていなかった。

上機嫌で大浴場から戻った悠木が、ビールで薬のカプセルを流し込んだ。

その様子を確認した富子が死ぬのを見計らって、香織の荷物を明夫に渡して、悠木を裸にして布団袋に押し込む二人。

旅館の裏から漁船に乗せて早朝運び出す。

水槽タンクに放り込んで、漁船は船着き場を離れていった。

死体の入った水槽だと知らない漁船の船長が、九十九湾から七尾の港に運んでくれた。

運送便で東京に戻して、死体を捨てる段取りに成っていたのだが、手違いが起こった。

同じ様な水槽タンクが複数有った為に、運送便が異なった水槽タンクを運び去ったのだ。

遅れて到着した富子の雇った運送便は、本当の魚を積んで東京の目的地に向かった。

明夫は車で東京に急いで戻って、水槽を受け取る準備をしていた。

死体の入った水槽タンクは、熱海の高級旅館に向かっていた。

郁夫が自殺？　他殺？で亡くなった旅館に再び青酸化合物の死体が届けられたのだ。

驚いたのは明夫だった。

夜タンクから運びだそうとすると、魚が沢山泳いでいて仰天の顔に成ったのだ。

熱海の旅館でも静岡県警が急行して「何だ？　この死体は？」と驚きの様相に成った。

「下着一枚の三十代の男性ですか！」

「それも、青酸化合物だよ」

佐山も一平も数カ月前の橋郁夫の事件を思い出していた。

司法解剖に直ぐに委ねられて、青酸化合物による中毒死、死後一日程度。

テレビで発表されて、驚く明夫と富子だが、香織は名前も何も発表が無いから、悠木だとは考えもしない。

「変な事件ね」と職場のテレビを真矢と見ていたのだった。

水槽タンクは能登の魚を運ぶ運送便で、月に一度この旅館に運んで来る。

捜査本部が設置され、殺人事件として大勢の刑事が投入された。

能登の七尾に佐山と一平が行って、タンクを送った漁業組合に事情を聞きに行った。

組合では運送便が来る少し前に、所定の場所に水槽のタンクを置いて、その後は運送業者に委ねたと話した。

真鯛が何故？　死体に変わったか判らないと言った。

他の場所に問い合わせたが、他の届け先には魚が届いていて問題は無かったと連絡が有った。

誰かがすり替えた？

九十九湾から運んだ漁師が、このニュースを見る事は無かったのだ。

運送便が途中で立ち寄ったサービスエリア、休憩場所を運転手と一緒に検証する伊藤刑事達、佐山も一平もこの事件が、橘郁夫の事件と関連が有るとは考えもしていなかった。


数日後美優が「今度も青酸化合物よね、またカプセル？」と一平に尋ねた。

「そうだったと思うよ」

「それじゃあ、また同じカプセルなのでは？」と疑問を投げかけた。

「調べて無いけれど、そんなに同じカプセル使うか？　全く関係が無いのに」と言う一平。

「念のためよ」美優が言うので明日照合をする事にする。

翌日一平が驚いて全く同じカプセル、青酸化合物も全く同じ物だとの結果に「佐山さん、これは三人とも同じなのでは？」と青ざめた。

「この男は誰だ？」

「公開してみるか？」

捜査課長は悠木の似顔絵を公開して、身元の特定を急いだ。

青酸化合物はメッキ工場で使われていたが、最近では使わない品物だと新事実が判った。

橘郁夫は昔から工場に出入りしていたから手に入れられるが、児玉愛子は無理だと、どうしても二人を結ぶ線は無かったのだ。

第十五話　彩乃に疑惑が

悠木の似顔絵を見て問い合わせが多数寄せられた。

悠木の弟が静岡県警を訪れたのは数日後だった。

兄に間違いが無いと確認をして、東京の自宅の場所も教えてくれたのだ。

悠木も九州の福岡の生まれで、弟は博多で仕事をしていたが、時々兄とは電話で話をするのだが、最近急に連絡が出来なく成ったと心配していた矢先の公開捜査だった。

九州から遺体を確認に来た悠木明宏に佐山が交友関係を尋ねたら、病院の看護師さんと交際していたと思いますと話して、明日東京の自宅の捜索に立ち会って貰う事を約束した。

公開捜査で一番驚いたのは香織だった。

直ぐさま悠木の自宅を訪れて、自分の存在の残る物を持ち帰って、明夫に悠木が何故？　死んだと問い詰めていた。

明夫が自分は知らない、旅館で話しをして別れた。

別れ話は纏まったので、帰って行った事と自分が友人と少し脅したと話したのだ。

香織は熱海の旅館で死んだとしかニュースを見ていない。

能登から運ばれて熱海で遺体が発見されたと言わなかったからだった。

明夫の悪友に少し脅して貰えば、悠木はもう香織には近づかないから安心して東京に戻れ、ご苦労さんと言われて、九十九湾の旅館で別れていた。

翌日、佐山達四人は悠木の自宅の捜索に行った。

裸で発見されていたので携帯とか、普段の持ち物は無いと思っていたが、何か捜査の手掛かりが無いか四人は探し廻る。

男性一人の部屋は何も無い、メモ用紙に何か書いた後が発見された。

電話をしながら書いたのだろう、白紙の用紙に強い力で書いたので下の紙に残っていた。

佐山がゆっくりと鉛筆で擦ると部屋番号と電話番号の様だ。

「部屋の番号ですね」書き留める伊藤刑事。

「一度かけてみて」

ダイヤルを押す一平、呼び出し音だが誰も出ない。

「出ませんね」

「時間を空けてまたかけてみてくれ」佐山が一平に言う。

「何処かの電話番号と部屋の番号ですね」

「同じか、異なる場所か、判らないな」

部屋からは何も出て来ないので、もう一度番号に掛ける一平。

「はい、グリーンハイツの管理室です」と年老いた男の声。

「私、静岡県警の野平と云いますが、七百二号室は何方が住んでいらっしゃいますか？」と尋ねる。

「少しお待ちを」

しばらくして「今は誰も住んでいませんよ、来週新人の看護師さんが住みますよ」

「看護師さんですか？」

一平は悠木が交際をしていた看護師だと思った。

「ここは、ＫＴＴ病院の女子寮ですからね」

「病院の女子寮ですか？」

「はい、そうです」

「今の部屋には以前は何方がお住まいでしたか？」

「少しお待ちを」

しばらくして「以前は田辺彩乃さんがお住まいでしたよ」

「えーー田辺彩乃」一平の声が大きくなった。

一度伺うと言って電話を切ると「佐山さん、美優の言う通りでした、繋がりました」と溜息と興奮を覚える一平。

「美優さんの言う通り、三人とも同じ犯人？」佐山は驚く。

「今から、行こうマンションに」

四人は急いでグリーンハイツに向かった。

四人の頭に橘郁夫の隠し子が田辺彩乃だと云う考えが消えて、重要参考人の可能性が出て来たと思っていた。

今まで、隠し子の場合を考えて、深く捜査をしていなかった。

四人の刑事の頭に三角関係の縺れの可能性も浮上していた。

悠木の彼女が看護師だったという事実、四人はマンションに向かう途中に仮説をたてた。

青酸化合物は郁夫が所持、悠木の殺害を目論だ。

田辺が何かの手違いで郁夫を殺害してしまった？

彩乃に別の男？　児玉愛子は？　後一人男が居たら？　児玉愛子が？

四人は車中でまだ何か複雑な事が有る様な気がしていた。


管理人が香織に「刑事さんが、田辺さんの部屋の事聞くために電話してきたよ、ここに来るらしい」と話してしまった。

悠木の事を知っているのは小泉真矢だ。

彼女の口から自分が悠木の彼女だったと喋られると怪しまれるので、早速明夫に電話で伝える。

小泉真矢は香織に呼び出されて、近くの喫茶店に「貴女も知っているでしょう?」といきなり尋ねる。

「香織さんの元彼でしょう?　殺されたのは?」

「そうなのよ、困っているのよ!　暴力団に借金が有ったのよ!　前から恐いと思って別れたのだけれど、こんな事になっちゃって」と嘘を教える。

「そうだったのですか、それで避けていたのね」

「真矢にお願いが有るのよ、警察が来ても、私との関係を秘密にして欲しいの、色々噂に成ると困るから」と頼み込む。

「そうですよね、元彼が暴力団に殺されたなんて、困りますよね」

「ありがとう、代わりに彼氏紹介してあげるわ」

「えー、本当ですか？」嬉しそうな顔に成る真矢。

明夫に言われて、筋書き通りに話す香織、そこに明夫が急いで駆けつけた。

真矢は一目見ると、可愛いイケメンだ！と興奮してしまう。

香織は二人を残して、マンションの様子を見る為に自宅に戻る。

丁度管理人の部屋の前に佐山達が来て、立ち話をしていた。

香織が会釈すると「あの方が親友の下条香織さんですよ」と紹介をする。

一平が近づいて「静岡県警の野平です、少しお聞きしたいのですが？」と言った。

管理人が部屋に招き入れて、中で話しを聞く事に成った。

香織は何を聞かれるのかと恐々としていた。

何故、刑事が此処に来たのかが理解出来なかったからだ。

悠木は何も身に着けていなかったと言っていたのに、警察が自分の処に来た事が疑問だったのだ。

一平の次の言葉で理解出来たのだ。

「実は、メモに此処の電話番号と、マンションの部屋番号が書かれていまして」

「それが、田辺さんの部屋の番号だったのですよ」管理人が口を挟んだ。

香織は自分が尾行を頼んだ時のメモが部屋に残っていたのか、失敗だった。

部屋中自分の痕跡は消したのにと、頭の中を様々な事が駆け巡っていた。

「下条さんは田辺さんとは親しいとお聞きしまして、悠木さんとの関係を聞きたいのですが？」

「彼女結婚して、今は看護師も辞めています、悠木さんと交際が有ったかは存じませんが」

「今はどちらにお住まいでしょうか？」

「お待ち下さい」

香織は携帯から住所を探し出して一平達に教えた。

書き留めて、香織の連絡先を聞いて四人はマンションを後にした。

「伊藤、先程の住所見せてくれ」と手帳を見る一平。

「伊藤！　この住所先日行った場所だよな」と驚きの声をあげる。

「先輩、そうです、あのご祈祷の住所です」四人は完全に事件が繋がった。

二つの事件は同じだ。

もしかしたら犯人も同一人物では？

佐山と白石刑事は警視庁に、児玉愛子の事件の資料を貰う為に向かった。

一平と伊藤が豪邸に田辺彩乃を訪ねて向かった。

大きな事件の進展を願っていた。

第十六話　隠し子？

加納の家に行った二人は、先日のお手伝いの山根明子に招き入れられた。

怪訝な顔の山根に軽く会釈の二人。

「こちらに、加納彩乃さんがいらっしゃると思うのですが？」と言うと
「先日はすみません、新人で気が付きませんでした」と二人に詫びて、奥に入ってしばらくして彩乃が出て来た。

「警察の方が私に何かご用でしょうか？」と怪訝な表情の彩乃。

「実は、先日熱海の旅館で変死体が届けられまして、その死体は彩乃さんがご存じの悠木さんだと判りまして、お聞きに参りました」

彩乃は首を傾げて「悠木さんですか？　全く存じませんが」と不思議そうに尋ねる。

「おかしいですね、悠木さんのメモに貴女が住んでいらした病院のマンションと、貴女の部屋番号を書いたメモが残っていたのですよ」と一平が話した。

「病院のマンションを出てから、少し時間が経過しています、後に何方かが入居されて、その方とお間違いでは？」全く知らない彩乃は怪訝な顔で答えた。

「いいえ、貴女が引っ越しをされてから、何方も入居されていません」

「えー、そう言われましても存じて無い人ですから、知らないとしか申せませんが」と困惑の表情、玄関の立ち話をお手伝いの山根が聞き耳を立てていた。

「そうですか、ご存じ無い、それでは橘郁夫さんが亡くなられたのはご存じですか？」一平の不意の言葉に顔色が変わる彩乃。

「……その方は？　殺人ですか？」と恐る恐る尋ねる彩乃。

山根の気配を感じる彩乃は「玄関での立ち話の失礼ですので、お上がり下さい」

危険を感じた彩乃は何が起こったのだろう？

もう少し詳しく状況を聞いて対応策を考えなければ、山根が聞き耳をたてていると思っていた。

「山根さん、お茶をお願いね」

応接に招き入れた彩乃は「もう少し詳しく教えて下さい、悠木さんと、今おっしゃった、橘さんは何か関係が有るのでしょうか?」と恐々尋ねる。

「今の処は判りません」

「橘さんが亡くなられたとおっしゃいましたが、いつごろでしょうか?」

「去年の夏です、同じ旅館です」

「えー」驚きの顔色に変わる彩乃、そこにお茶を持って山根が入って来た。

慌てて平静を装う彩乃だった。

山根が出て行くと「加納さん、橘さんをご存じですよね」と伊藤が尋ねると「私は少し知っているだけで、殆ど知りません」と否定をする。

「じゃあ、み…」と伊藤が言いかけるのを制止して「どの様な関係の方ですか?」と一平が尋ねた。

しばらく考えて「それは、患者さんですわ、看護師と患者の関係です」と言い切る。

「じゃあ、悠木さんも患者さんですか?」

「いいえ、全く知らない方です」と本当に知らないと否定する。

「じゃあ、何故?　貴女の部屋の番号を書き留めていたのでしょう?」

困惑の顔に成って「知らない方です、本当です」と言い切る。

「参考までに悠木さんも橘さんも、青酸化合物による窒息死でした」

「えー、毒物ですか」と驚きの表情に成る。

「心辺りは有りますか？」

「全く有りません」

「じゃあ、私達はこの辺で失礼しますが、お聞きしたい事が出来るかも知れません、携帯番号を教えて頂けますか」

「はい」彩乃は直ぐに一平に携帯番号を教えた。

「それから、看護師さんと患者さんは、深い関係に成られる確率高いのでしょうか？」と微笑みながら言う一平に顔を強ばらせる彩乃だった。

外に出て「何か秘密が有るな、携帯番号を直ぐに教えたのは、家の人間に知られたく無いからだよ」と一平が言う。

「何故、宮島の事を話さなかったのですか？」と伊藤が尋ねる。

「いきなり言うと証拠を消そうとするだろう、ここは東京だから監視が出来ない」

「じっくり、責めるのですね」と微笑む伊藤。

「そうだ、児玉愛子と関係が有れば、本星だ！」

「でも彼女一人では、悠木を殺して、水槽には入れられませんよ」

「共犯が必ず居る、それにしても大きな家だな、何をしているか調べろ」

「はい」

二人は警視庁に向かって、佐山達と合流して静岡に戻る予定だ。

事件の進展を四人は感じていた。

捜査課長の織部和生が電話で状況を尋ねて来た。

佐山は事件の進展を説明して、過去の橘事件の解決も視野に入ったと説明をしていた。


加納の自宅で彩乃の心境は穏やかでは無かった。

悠木と云う男性は知らないが、郁夫が死んだ事は驚きだった。

彩乃と初めて行った旅館で死んだ事は忘れていた。

刑事の話では、二人を殺したのが自分の様に言われた事が頭の中に残っていた。

悠木って男が何故？　自分のマンションの部屋番号を持っていたのだろう？

これ以上警察がここに出入りすると、郁夫との事が暴露されると怯える彩乃に成っていた。


翌日静岡県警で捜査会議が行われた。

一平が加納彩乃は両方の事件に何かで絡んでいると発言して、佐山は悠木、橘、児玉の殺害に使われた青酸化合物とカプセルが全く同じ物で三人の殺害は、同一犯若しくは同一グループの仕業だと決め付けた。

青酸化合物が手に入れられるのは橘が一番近いが、他の二人は手に入れる事は困難で、だが橘が薬を調達したとは言い難いと結論付けた。

今のところ、三人の共通点は唯一、ＫＴＴ病院に関係が有る事、悠木のメモは田辺彩乃のマンションの部屋番号、橘はその彩乃と関係が有った。

宮島とか色々な場所に、二人は行って居る可能性が高い。

児玉愛子もＫＴＴ病院に就職が決まっていて、お金が入手出来る様な事を話していた事で、三人は総てＫＴＴ病院で繋がったと発表した。

伊藤が田辺彩乃の嫁ぎ先に付いて発表した。

加納家は株式会社ＫＡＮＯＵと云う、上場会社のオーナー家で業績は大変良く、社長の敏夫は真面目な性格で、遊びもゴルフ程度で妻の圓と子供三人、お手伝いの山根が一緒に暮らしている。

長男敏也と彩乃は敏也のスキーの骨折入院が縁で、交際が始まり結婚をした。

この敏也も真面目な青年で噂も殆どなく、彩乃を愛している。

田辺彩乃は北海道釧路の漁師の娘で、弟の病気が発端で看護師を心出して上京、東京の看護学校の後三箇所の病院を転職して、ＫＴＴ病院に来ていると発表した。

捜査会議で三人の接点と殺害動機の解明、悠木が何処で殺害されたのかに焦点を絞って捜査がされる事に成った。

会議が終わって佐山が「伊藤！　彩乃の今まで在職した病院判るか？」と尋ねた。

「はい、府中総合病院が最初で、次がＭＹ病院…」

「待って、府中総合病院で二人は同僚だよ、時期も重なっている彩乃が総てに繋がった」と佐山が興奮気味に言った。

「府中総合病院の時に何かが有ったのか？」

「でも随分前ですよ、十年以上だな」

「彩乃は愛子に何か弱みを握られていたら？」

「お金持ちの若奥様から揺する？」

「調べて見よう」

「一平と一緒にもう一度彩乃をあたれ」

「はい」

「府中の病院も」捜査本部は勢いが出て来た。

二つの事件、三つの事件が一気に解決の様相だった。

捜査本部が注目していたのは、加納彩乃と橘郁夫の関係だ。

一緒に旅行に行く、だが結婚を祝って箸とか椀を作って贈ろうとした。

加納との結婚の為に宮島に、ご祈祷に二人で行った事実、愛人とパトロンの関係にしては、不思議な行動に決定打が無いのだ。

翌日「加納彩乃と橘郁夫は同じ日に、海外に三度行っていました」と捜査本部で白石刑事が言った。

海外旅行にも一緒に行く仲、結婚の祝い、ご祈祷、隠し子？

判らない事が多かったのだ。

第十七話　彩乃の足跡

橘郁夫は病院付近に二、三度現れて、加納の家の事も知ってしまった。

香織が最初は破談に成れば面白いと思って、郁夫に彩乃の事を教えたが、児玉愛子の出現で彩乃のバイトが判明して、郁夫はデリヘル時代からの客で、先日まで付き合いが有った事を知ってしまった。

加納敏也は入院中にも香織に尋ねた事が有るほど潔癖症で、身体を売る女を極端に軽蔑していた事を、その時思い出したのだ。

二人は結婚秒読みに成って、香織に決定的な出来事、それは彩乃の妊娠だった。

明夫に総てを話して相談すると、お金に成るその爺が加納に喋らなければ、彩乃からお金を強請れる。

子供が生まれて加納家で地位を確保してから、頂こうと三人の意見は一致した。

邪魔な爺、橘郁夫の殺害から始まる二人の計画だった。

香織は二人に利用されていて、郁夫が亡くなった事は今も知らない。

愛子と悠木は明夫親子が殺したのでは？の疑問は持っていたが、言い出せないのだ。手紙を郁夫に渡したのは自分だったから、実際お金を貰っていた香織は、もう戻れないのだ。

東京に出て来た伊藤と一平は加納彩乃を呼び出して、外で会う事にしたのだ。

彩乃は時間を作って出て来た。

自宅に来られると統べてが、家族に露見してしまうから、仕方無く出て来た。

強張った表情で近くの公園に来た彩乃を、車に乗せて近くの交番に連れて行って、馬場刑事はその交番で待っていた。

「私は、警視庁の馬場と云う者です、一緒にお聞きしても良いでしょうか?」

無言で頷く彩乃に開口一番「児玉愛子さんはご存じですよね」顔色が変わる彩乃
「府中総合病院で一緒でしたね」馬場刑事が問いただす。

彩乃は愛子から自分の過去のバイトが、判ってしまったのかと恐る恐る話す。

「初めての勤務で色々教えて貰いましたが?　児玉さんが何か?」と尋ねる。

「一年程前にラブホテルで殺害されまして、私はその事件を捜査しています」と馬場刑事が話す。

「えー!　亡くなった、殺された!」驚きの彩乃は愛子の死亡の事を知らなかった。

彩乃は愛子が死んでいたらもう証拠は無い、橘郁夫も死んだと先日聞かされた。

知らないで何とか誤魔化せると思った。

「ご存じ無かった?」

「はい、知りませんでした」

「KTT病院に就職されることは?」

「えー、それも初耳です」と嘘を言う彩乃。

「二人の関係は?」

「先輩後輩以外に何も有りません、私が転職してからは連絡もしていません」

彩乃はきっぱりと言い切った。

今度は一平が「橘さんとの関係をお聞きしたいのですが？」

「以前にもお話ししましたが、看護師と患者さんの関係です」

「いつ頃の患者さんでしょう？」

「六年程前、初めてＫＴＴ病院で会いました」

「正直に答えて貰わないと、このまま警視庁に行って貰わないといけませんね」

と伊藤が恐い顔で言う。

「何か？」

「貴女が橘さんと宿泊した、熱海の旅館は貴女がＫＴＴ病院に転職の前ですよ」困った顔に成る彩乃、しばらく考えて「記憶違いでした、立川総合病院でした、すみません」彩乃は警察が相当調べている。

ここは歳の離れた恋人で乗り切る以外に方法は無いと考えていた。

過去の恋愛が敏也の耳に入っても大きな問題には成らないだろう。

お互い三十歳を超えての結婚だから、恋愛の一つや二つ有るのが常識だと考えていた。

「海外にも一緒に旅行されていますね」

「はい、三回行きました」

予想通り知っていたと彩乃は思った。

一平は郁夫の作った贈り物の話しをしなかった。

充分前後の状況を把握してから、最後に話す事を伊藤と決めていた。

患者と看護師の恋愛と、結婚の贈り物と宮島のご祈祷が合わないのだ。

何か他に有るとしか考えられなかった。

彩乃から新しい事実は出なかった。


自宅迄送って二人は府中総合病院に向かって、直ぐ近くに立川総合病院が有るので、橘の入院記録を調べる事にした。

府中総合病院では、もう彩乃の事も児玉愛子の事も知っている看護師は皆無だったが、何か参考の資料が有れば送って貰える様に頼んだ。

時間の流れを感じる二人だった。

立川総合病院では、入院記録で橘郁夫は存在しなかった。

「予想していたが、入院患者では無かったな」

「騙されるところでしたね」早速、彩乃の携帯に電話すると「入院患者さんでは有りませんよ、東京に出張に来て調子が悪くて来られて、私が親切にしたら、後日手土産を持ってお礼に来られて仲良く成ったのですよ」と言い訳を考えていた。

「はあ」

別れてから彩乃はこの電話を予期していたのか、立て板に水の如く喋った。

伊藤は呆れて「上手に逃げられました」

「考えていたのだろう」

「もう、七年も前の事は判らないよ」一平も諦め顔に成った。

その時、府中総合病院の婦長が当時の写真が見つかったと連絡をしてきた。

二人は急いで病院に戻る。

「これです」と集合写真を差し出した。

「これは、田辺彩乃さんが就職で入られた時、この病院の創立記念の写真だと思いますよ」

「これですか？」と写真を見る二人は、虫眼鏡を借りて大きくして見るが「居ませんね」

「ここに、児玉さんは写っていますよ」と指を指す伊藤。

「田辺さんが居ないです」一平が言うと婦長が「この時の名簿が一緒に入っていますよ、田辺彩乃と書いて有りますよ」と言う。

「でも、居ないな」

「この写真お借りしても良いでしょうか?」

「はい、いいですよ」

二人は大事そうにケースに入った大きな写真を持ち帰った。

車で「田辺彩乃さんは綺麗から直ぐに判る筈なのに、判りませんでしたね」

「本当だ、この写真を複写して貰って持ち帰ろう」

馬場刑事に連絡をして、複写の段取りをして貰う事にして、一平達は静岡に帰って行った。


夜、美優に今日の出来事を話すと「立川の病院で出会った話しは嘘っぽいわ」と微笑む。

「だろう、僕もそう思うよ」

「二人の関係が事件の根幹に有るのかな?」

「殺す程の事が二人に有ったのだろうか?」

「私は、二人はとても仲が良かったと思うわ、海外にも行って、旅行にも何度も行っている、結婚の祝いも作っている、渡す前に亡くなったけれどね、それと宮島は結婚のご祈祷よね、加納さんとの結婚を祝福しているから、喧嘩とか別れ話でもめたとは考えられないわね」

流石に複雑な事件に美優も真相が判らないのだった。

第十八話　意外な手掛かり

数日後事件が起こった。

加納圓が駅のホームから突き落とされて、もう少しで即死に成る寸前で電車が緊急停止をして、一命はとりとめたが、大腿骨骨折の重傷で病院に搬送されたのだ。

圓は友人達との会食の後で移動中、ホームで雑談中急に突き落とされたのだ。

大勢の騒ぎの中、犯人は消えていた。

ホームの監視カメラには同じ様な年配の服装の女性が、突き飛ばす様子が映し出されていたが、顔までは判らない。

幸い死亡事故には成らないから新聞には掲載されなかった。

馬場刑事もこの事件を全く知らなかった。

圓は全治三カ月の大怪我で、見舞いに訪れた彩乃にしばらく家を留守にするから、頼むわと会計を彩乃に任せたのだった。

会社の経理の事にも首を突っ込んでいた圓の怪我は、加納家にも株式会社ＫＡＮＯＵにも大きな影響が有ったのだ。

彩乃には判らない事が多かったが、その度に圓の指示で仕事をさばく彩乃に、圓が大いに信頼をしたのだ。

　馬場が複写の写真を送って来たので、改めて見る伊藤と一平。

「居ないよ」

「本当に居ませんよね、彩乃さんは」

　同封の最近辞めたＫＴＴ病院時の写真が有るので探す二人だ。

「この人頭の感じは似ているけれどね」

「違うよ、少し出っ歯だよ」

「こんな事探すのは美優に任せれば大丈夫だよ、借りて帰るよ」

　一平が鞄に入れて持ち帰る事に成った。

　美優に写真を渡す一平、天眼鏡を片手に調べ出す美優に横から覗いて「大きく見えるよーー」

と喜ぶ美加。

「駄目、美加はイチと遊んでいてよ」と言う美優は真剣だ。

「うーん！　判らないな」

「俺はこのおでこの感じが、彩乃さんだと思うのだけれどね」と写真を指さす一平。

「あっ、そうか歯の矯正か？」

「でもこの女の子不細工、彩乃さんは美人だからな」

「一平ちゃん、この写真とこの写真大きさを合わせて見たら、判るよ」

「サイズで測るのか？」

「合えば、相当整形をしているって事よ」

「整形か、これ程変わるのかな？」

「今の整形凄いのよ」

「美優も整形か？」と見る一平に「馬鹿！　整形はしていません」と怒る美優。

「じゃあ、美優は美人だ」

「そうよ、久美浜一番の美人を妻に貰ったのよ、貴方は幸せでしょう」と笑う美優。

「誰が美人、美人って綺麗って事、可愛い事」と口を挟む美加だった。

翌日鑑識が写真を調査して、夜に成って「同一人物です」と教えてくれたのだった。

夜美優に結果を話すと「もしかしたら、整形の度に職場を変わったかも知れないわね」と話した。

「何故？」

「噂に成るからよ、あの人整形をしていると言われるから」

「そうか、それで次々変わった、ＫＴＴ病院で整形の成果で金持ちと結婚した、理想的なストーリーだな、それで殺した？」

「まさか、整形が暴露されて三人も殺さないでしょう」

「整形は関係無いか？」と一平が言うと「そうとも言えないわ」と美優が言う。

「何故？」

「これだけの整形にはお金も必要よ」

「橘さんが出した」

「娘さんなら出すかも判らないけれど、もし関係無かったら整形後に会っているわね」

「綺麗に成って、男が近づいたが自然よね」

「昔の顔を知っている児玉愛子が強請った」

「整形ではお金は出さないでしょう、貴方の奥様整形よって言われてもお金は出さないでしょう」

「児玉は誰かを強請っていたのは確かだよ」

「強請った相手は彩乃に違い無いけれど、材料は何だろう？」

二人には有る考えで一致していた。

それは出生の秘密？　それなら統べての辻褄が合うのだが、今度は悠木を殺す動機が無いから、美優も一平も彩乃を犯人と考えての推理だったのだ。

警視庁の馬場刑事も彩乃を疑っていた。

三人に共通するのは彩乃以外に居なかった。

馬場刑事と安西刑事が児玉の事件で、デリヘルの常連客を調査していた。

愛子が随分前からデリヘル嬢をしている事を調べていた。

デリヘルのクラブでは、客の情報を携帯電話の番号で登録をして、中には几帳面なデリヘル事務所も有って客の好み、年齢、金の使い方を細かくコンピューターに入れている事務所も有った。

児玉愛子は亡くなる迄に五箇所のデリヘルで仕事をしていた事を、馬場と安西刑事は把握していた。

その五箇所を順番に調査に行く。

人妻デリヘルサイト（昼の情事）から最近の客の電話リストを手に入れて帰る。

このサイトは客の事を詳しく記載していない。

電話番号と女の子の届け先のみで他は全く不明、二度三度とリピーターの客には印が付いている程度だった。

その前の店は同じく（熟女の森）ここも殆ど同じで、客が同じ女の子を何度呼んだのかが記入して有るのが異なる程度、その前の店は既に店が無く調べる方法が無かった。

（品川ラブマジック）が最初のデリヘルで、このデリヘルは殆ど管理がされていない、客の携帯番号管理のみで、女性の管理も殆どない。

二つ目の（六本木ラブチャンス）この店は大きくて、都内、横浜とか系列店が多く客の管理も特徴も女性の事も詳しく書かれていた。

所属の女性も多く、過去に退職した女性のリストも保存されていて、再登録も容易なのだ。

簡単に小遣いを稼ぐ手段に使う女性の多さに、呆れる馬場刑事と安西刑事だった。

（昼の情事）の電話リストに明夫の携帯番号の記載も有ったが、一度の利用、東田の前の客だったので、二人の刑事は重要にしていなかった。

基本的に女性には日払いで給与は支払われていたので、客が支払った料金の約半分が女性の財布に即日入る事になる。

本名を名乗らなくても面接で簡単に尋ねて、店にもよるが当日翌日から仕事の場合も多い。

写真撮影が有るので比較的安心なのか、店は詳しく聞かなくても採用する。

色々な資料を持ち帰る二人、事件の手掛かりに成る資料が有るか精査する作業を始めた。

その時、九州の博多の警察から被害届けが提出されたと、問い合わせと指名手配が警視庁を始め全国の警察に出された。

博多のキャバクラで客のお金を寸借詐欺で、今回初めて被害届けが出たが、余罪が相当有ると思われる。

大都会の水商売に潜り込んで、客から二万、三万と少額を拝借して、貯まると姿を眩ます手口で、今回初めて中洲のキャバクラの店長から被害届けが出たのだ、
本来なら客から出るのだが、常連の客が店で暴れて発覚したらしい。

数多くの客がその女の被害に遭っていた。

本名清田純江、二十五歳、博多の時の源氏名はエリカを使用、全国の歓楽街で同じ様な手口の犯罪をすると思われる。

彼女の携帯の番号とか、特徴を調べる。

各警察署の調べでは、この中洲のキャバクラ一軒で複数の客から、百万以上のお金を客から、借りていた事が発覚したのだ。

第十九話　吉永親子の陰謀

一年以上前、ＫＴＴ病院に面接に来た児玉愛子が、偶然声を掛けたのが彩乃だった。

始めは判らなかった愛子だが、彩乃は直ぐに気が付いた。

そのぎこちない行動が愛子の記憶を呼び戻した。

「判らなかったわ、貴女！　確か田辺さんよね、綺麗に成って見間違えたわ」

仕方が無い彩乃は「先輩は何故？　ここに？」懐かしそうに話した。

「看護師の募集が有って、面接に来たのよ」

急に彩乃は不安で一杯に成って、愛子を引っ張って近くの喫茶店に駆け込む。

「自分がデリヘルでバイトをしていた事を、内緒にして下さい」

「どうしたの？　言わないわ、私も内緒の仕事なのだから」

「実は、デリヘルの時の客に、ここで働いているのが判ってしまって、困っているのです」

「そんな、男と付き合うからよ、私は客とプライベートでは一切付き合わなかったからね、年寄りでしょう？」と微笑みながら尋ねた。

「はい、その通りです、実は私もうすぐ結婚で退職予定なのです、しばらくすれば、ここには居ないので内緒でお願いします」と念を押して別れた。

その行動を見ていたのが香織だった。

香織は彩乃の行動に疑問を持っていたので何か有ると感じて、直ぐさま愛子に接近して彩乃の秘密を聞き出してしまったのだ。

香織は自分が持っていた情報と愛子から得た情報で、彩乃の怯える原因が総て判ったのだ。

愛子も普通の女では無かったので、お金の匂いを嗅ぎつけたのだ。

再び彩乃に近づく愛子、この行動は明夫の耳に入って、愛子と郁夫は自分達には目障りな存在に成っていた。


二人の邪魔者を始末した明夫は彩乃に強請を初めて、一度目のお金を手に入れた。

二度目の請求を今日行ったのだ。

今度は百万を要求したのだ。

お金が自由に使える立場に成った事を明夫達は心得ていた。

探偵柴崎は悠木が殺されてから、もう彩乃の事件には近づかない、近づけないのだ。

青酸化合物で殺された事を知ってから、外食も気を付けていたから、彩乃からの問い合わせに、この調査はこれで辞めさせて下さいと断りをしてしまったのだ。

彩乃はまた異なる探偵社を探して、丸山尚子の事を詳しく調べて欲しいと依頼をしていた。

他の事を依頼すると変な事に巻き込まれそうな気がしていたからだ。

義理の母圓の入院で義理の妹梢の結婚が延期に成って、楽しく無い梢は遊び廻って気分を紛らわせていた。

明夫が今度はこの妹に近づこうとしていた。

今の彼氏から自分に気を向けようと企んでいたのだ。

勿論梢が三歳年上だが、明夫には問題の無い事だ。

最後は自分がこの家に入り込んで、彩乃を追い出して仕上げにしたいと考える。

彩乃はそれまでの軍資金だと考える様に変わっていたのだ。

母の富子はその話を聞いて、上手く運べば大企業の跡継ぎも夢では無いわね、頑張りなさいと応援をするのだった。

梢の彼氏は都内に何店舗か書店を持つ、加持賢治の長男信夫だった。

父敏夫が加持の店の土地から店舗設計を行った関係で知り合い、二人の仲は家族も認めた仲に成っていた。

梢は大学を卒業後直ぐに信夫と知り合ったので、殆ど遊んでいない。

いつも信夫と楽しんでいて、他の男性も彼氏が居るので、敬遠して近づかないのだ。

明夫はそんな恋愛に初心な梢を観察して機会を狙っていた。

始めは知らなかったのだが、母の富子は彩乃がお金を使い易くしなければ、強請る額を増やせないから、母親の圓を何とかしようと明夫に調査をさせたのだ。

その中で明夫が梢を見つけて、富子に相談をしたのだ。

だが富子は不確実だから圓を殺そうと突き落としてしまったが、失敗に成った。

今度は明夫の出番に成っていた。

上手く運べば安全で財産が転がり込むと安易に考える明夫なのだ。


静岡県警の捜査本部では織部課長が「加納彩乃を引っ張るか?」と捜査員を前に討論をしていた。

「橘郁夫殺害の時間は仕事で夜勤をしていまして、全くアリバイが成立しています」と伊藤が答えて「児玉愛子の時も同じく仕事です、ラブホには行けないでしょう」と一平が言う。

「悠木は女性の力では無理ですから、男性の共犯が必ず居ます、だが彩乃の周辺には男性の存在は皆無です」と佐山が答える。

「状況だけでは加納彩乃だけが三人と接点が有るのだよ、整形の事は?」

「これから、調べる予定です」

進展の無い捜査状況に、明日東京に捜査報告に向かうから、手土産が欲しい苛つく織部課長だった。

その課長が逆に意外なお土産を持って帰って来て、児玉愛子の勤めていた店の情報だった。

五店舗の内一店舗は情報が無かったが、他の店の顧客リストと従業員の情報が有ったのだ。

コピーを持って帰宅した一平が「デリヘルの顧客リストと従業員のリストが手に入った、熱海の事件との関連が判れば進展するが、見つかるだろうか？」

「どの様な情報なの？」と手に取って見始める美優。

「一平ちゃんが載っている」と言う美優の言葉に「嘘だろう？」と驚く一平。

「引っかかった！　一平ちゃん、遊んだな！」

「こら！　仕事で遊ぶな」と怒る一平だった。

「携帯番号、控えている？」

「誰の？」

「橘さん、彩乃さん、悠木さん達よ」

「橘さんと彩乃さんは判るよ」と自分の携帯から書き出す一平。

順番に並べる美優「これが最初の店ね、次が（六本木ラブチャンス）ここは資料が多いわね、客の情報も多いわ」

「そこは系列店も多いから、情報管理がしっかりしているね」

「写真も有るらしいけれど、多すぎて持ち帰らなかったらしい」

「この履歴でみると、愛子は府中総合病院で彩乃と在籍していた時に、既にデリヘルでバイトをしていたのよね」

「愛子がデリヘルのバイトを始めたのは府中の前の病院だよ」

「彩乃さんが愛子さんのバイトを知っていても何もないわよね、強請っても病院を変われば良いから関係無いわね」

「美優、逆なら?」

「愛子さんが彩乃のバイト?」二人は頭が変に成りそうだった。

「彩乃さんがデリヘルのバイトをしたの?」と美優が言い始めた。

「愛子さんの紹介で！」

「整形費用捻出の為」

「そう、そうかも知れない」

「この中にそれらしき人が居るか探そう」二人は真剣に捜し始めた。

だが、愛子自体も源氏名に成っていて、本名は伝えていない。

絵美、香住、洋子と名前は有るが、身長、B．W．Hが記載されていて、特徴が書かれている。

「彩乃さんって背が高いでしょう」

「百七十センチ近いと思うな」

二人の調べは朝まで続いたが、背が高いだけでは同じ様な人も沢山在籍して中々決め手がないのだった。

憶測での調べなので何も確証は無かったが、二人の考えは当たっていたのだ。

第二十話　デリヘル嬢

彩乃は仕方無く、百万を丸山尚子の口座に振り込んだ。

探偵に調査を依頼しても時間が必要だったから、時間稼ぎだ。

今度の探偵は元刑事の春日誠司六十三歳、定年後探偵社に就職をしていた。

過去のコネで警察関係者から口座番号の住所を調べて、出金がされた銀行を探し出した。

春日は能登空港の支店で引き出されている事を知って、写真を手に入れた。

丸山尚子の自宅と関係者を探して、写真の女性を探したが該当者が無かったのだ。

写真からは勿論吉永富子、丸山尚子の関係者の中に存在する筈はない。

明夫が今度は梢に近づこうとしているが、上手くいくのか心配な富子だった。

一平と美優は、毎日の様にデリヘルの資料を見ながら「デリヘルの女の子の結婚に、夫婦箸と椀のセット名前入りで贈るかな？」と疑問を言う。

「そこよね、それに海外にも何度も行っているでしょう、概算で何千万とお金使っているわ、デリヘルで会った女の子に、そこまでするの？」

「最初考えた、隠し子？」

「一平ちゃん、ＤＮＡと云う方法が有る！」

「それだ、彩乃さんの物を手に入れて鑑定だ」二人は急に元気に成っていた。

一平達静岡県警では加納彩乃は、重要参考人のリストに入っていた。

勿論北海道の警察にも彩乃の身元を調べて貰ったが、弟が精神薄弱、両親は漁師との報告以外に、子供が隠し子とかの話は全く無かった。

伊藤と一平が彩乃のＤＮＡ採取の為に再び加納の家に電話をして、お手伝いの山根明子を呼び出していた。

明子に一平達は、彩乃さんの本当の父親が見つかる可能性が有りますので、ＤＮＡの採取の出来る品物ブラシ、歯ブラシの提供をお願いしていた。

山根明子は詮索好きのお手伝いだったので、直ぐに警察に協力をした。

圓が病院、彩乃も病院、会社と毎日忙しく殆ど自宅に昼間は居ないから、明子は自由に行動が出来たのだ。

歯ブラシを直ぐに持って来て、執拗に本当の父親って誰なのですか？

北海道が里で漁師だと聞いたのですが？　違うのですか？と聞いたのだ。


伊藤と一平は東京に来たので、警視庁に馬場刑事を訪ねたら、丁度指名手配の女が見つかったと云う。

今からその店の事務所に向かうと云うので、誰ですか？と尋ねると「源氏名エリカと云う強かな女ですよ、二十五歳に成ったばかりの小娘が、大人の男から金を沢山借りて逃亡していたのが、品川のデリヘルの事務所に登録していたのですよ」

「あの、中洲の詐欺女ですか？　確か本名清田純江でしたね」

「そうです、今から（品川メルヘン）に行って来ます」

馬場が忙しそうなので、挨拶だけで帰る二人だった。

翌日馬場が昨日の事のお詫びで電話を掛けてきて「取り逃がしましたよ、源氏名がトラブルで判明したので、店長が通報してきてくれたのです、純江が今度はデリヘルの客を狙っている様ですよ」

「源氏名で、よく判ったのですね、店長」

「純江が口を滑らせたらしいのですよ」

「自分から名乗った？」

「エリカは使えないから、楓が良いと純江が言うので、昔に同じ源氏名が有ると断ると、今居ないなら使わせてと言ったが、実はデリヘルサイトに今もその楓が出ているから無理だと店長が断ったら、考えてまた来ると言って、帰ったらしい、その時エリカを思い出して通報してきてくれたのですよ」

「じゃあ、何処かのデリヘルもしくは、そこにまた来ますね」

「可能性が高いので逮捕出来ますよ、昨日は折角お越し頂いたのに、すみませんでした」と謝った。

「いえいえ、またよろしくお願いします」と電話は終わったが、一平の頭に何か変な気分が残っていた。

一平は夜自宅に戻って「親子では無かったよ」とＤＮＡの結果を話した。

美優に東京のデリヘルの話しを何気なくする一平に「一平ちゃん、それ何処に掲載されているの？」と興味有ると尋ねた。

「何が？」

「馬鹿ね！　忘れたの？　楓って橘郁夫さんが一緒に泊まった女性の名前だわ」

「そうだった！　何処かで聞いた気がしていたのだよ」と笑ったが、何処のサイトか聞いていない一平だった。

（品川メルヘン）のホームページを調べる美優。

「ここでは無いわ、何処かに写真が掲載されていて、彩乃さんなら確定よ」

明日、馬場刑事に尋ねる事にした。

余りにも関連サイトが多くて、流石の美優もギブアップだった。


明夫はこの何日間か時間が有ればと、梢を見張っていた。

チャンスが有れば近づこうとして、だが中々一人に成らないで、必ず誰かと一緒、女友達、彼氏、他には習い事でお花と料理、痺れを切らして近づくと携帯に電話で話す機会が無く成る。

舌打ちの連続の明夫、香織も明夫が最近会ってくれないと、逆に明夫の尾行を始めたのだ。

病院の休みの日に尾行する二人の奇妙な姿、香織は明夫が加納の家の近くに向かったので、彩乃を見張っているのだと安心をしたのだ。

明夫が声を掛けられないで、家の近くに居た時「君、誰だね」と逆に初老の男に問い詰められたのだ。

見るからに刑事のようだが、少し年齢が高い気がする明夫は「叔父さんは誰だよ」と気軽に尋ねる。

「加納の家を見ていた様だが？」春日はこの時、明夫に不審感を持った。

「ここの、お嬢さんの友達だよ、また来るわ」そう言うと早足で逃げ去って行った。

春日は彩乃に報告のために来て、唯一の証拠の写真を持って来たのだ。

彩乃に富子のサングラスに帽子の写真を見せて「この女がお金を引き出しに来たのです、心辺りは？」と尋ねた。

「全く有りませんね、年配の様ですね」

「四十代後半から五十代前半の女性です」

「場所は？」

「能登空港です」

「能登の人ですか？」

「多分間違い無いでしょう」彩乃の頭に浮かんだのは橘郁夫だけだった。

郁夫の妻？　でも妻ならもっと歳が？　誰だろう？と考える彩乃だった。

その応接間の様子を、聞き耳を立てて聞く山根は春日が帰ると、早速静岡県警の伊藤に事の子細を連絡してきた。

伊藤は笑いながら「あのお手伝いさん、探偵みたいですね」

「本当だ、探偵が探偵に秘密を見られたら意味が無いな」と笑っていたが、探偵を何の目的で雇い入れているのかが気に成った。


夕方馬場刑事がデリヘルのサイトを連絡してきた。

一平は密かに美優に連絡をして調べる様に頼んだのだ。

夜「一平ちゃん、間違い無いわ、彩乃さんが楓で、デリヘル嬢だわ」と微笑みながら話した。

「美優、よくやった」二人は事件の解決近しと喜んだ。

第二十一話　窮地の彩乃

佐山と一平は加納彩乃が三人を誰かと共謀して、殺害した可能性が大きいと決めて、任意の事情聴取に踏み切る事にした。

呼び出して、近くの警察で事情を聞こうと三人の刑事、佐山、伊藤、野平が向かった。

東京の馬場刑事には連絡をしていなくて、容疑が確定してから報告の予定だ。

彩乃に連絡をして時間を調整してくれるように頼む伊藤、自宅で聞かれると困る彩乃には、別の場所で話しをする方が助かるのだ。


東京に向かう朝、馬場刑事が「純江を昨夜逮捕しました、余罪が沢山出て来そうです」と嬉しそうに電話で話した。

一平も、今日にも事件解決の知らせが出来そうですと言い、そうに成るのを我慢していた。

自宅の近くに迎えに行く伊藤、近くの交番に彩乃を連れて行って、待ち構える佐山達、いきなりパソコンのデリヘルサイトを見せて「これは彩乃さんですよね」と佐山が聞くと、画面を見て驚きの顔に変わる彩乃、警察はもう調べている。

彩乃は「はい、私です、でも随分前の事です、期間も短いですから、主人と加納の家には内密にお願いします」とお辞儀をしながら頼んだ。

「貴女はこのデリヘル（品川メルヘン）で橘郁夫さんと知り合ったのだね」

「はい」力なく答える。

「デリヘルに誘ったのは亡くなった児玉愛子さん」

「はい」と頷く。

「目的は美容整形の費用の捻出」

「はい」小さく返事をする彩乃。

「ＫＴＴ病院に児玉さんが就職で訪れた、過去を暴露すると脅されていた」

「違います」と大きく否定する。

「結婚が決まって、病院も辞めるから、黙っていてくれる様に頼んだ」

「はい」

「貴女は強請られた」

「はい」彩乃は謎の人物の強請を、警察が知っていると思って返事をしていた。

「青酸は何処で手に入れた？」

「えー、知りません」驚く彩乃。

「橘郁夫さんから貰ったのか？」

「橘さんから青酸化合物を手に入れたのか？」佐山が問いただす。

「知りません」と首を振る彩乃は、自分が橘郁夫と児玉愛子を殺害したと警察に思われている事を初めて知った。

顔色が大きく変わって、怯える彩乃だ。

「悠木も君を脅迫したのか？」

「誰です？　知りません」

「悠木は看護師と交際していたのだ、それは調べて知っている？」一平が尋ねる。

「児玉愛子がＫＴＴ病院に面接に来てから、彩乃さん！　貴女の過去が暴露されて脅迫された、そうですよね」今度は佐山が言い切る。

「違います、確かに愛子さんが来て、内緒にしてくれる様に頼みました、でも殺してはいません」と強く否定する。

自分の過去を隠そうとした事が、自分が殺人犯に成って捜査を受けていると彩乃は思ったが、自分の過去が敏也の家族に知られるのは避けたい一心だった。

三人の質問には答えたが、犯行を自供しない彩乃にこれ以上の決め手が無い佐山達。この場は自宅に帰して、今後の成り行きと証拠を集める事にした。

彩乃は話しの中で、郁夫に対する愛情の欠片も見せなかったのに、三人は益々殺意を感じたのだ。

六年も付き合って結婚の祝いの品まで用意している事実を、話す機会を失う程、郁夫の事には全く触れなかったからだ。

自分の過去を加納の家族に話さないで欲しいと、何度も何度も懇願して帰って行った。

「自分の付き合っていた人とか知り合いが殺されたのに、涙も無かったですね」

と一平が言うと「呆れましたよ、今の生活が壊れるのを心配していただけでしたね」伊藤も呆れて話す。

「非情な神経の持ち主でなければ、人は殺せない、物証を探そう」

佐山は明日から証拠探しだと、郁夫が手に入れていたと思われる青酸化合物を探す事にした。

数日後、馬場刑事が純江の取り調べから、楓の話しを聞き出して、その女性は大変人気が当時有り、デリヘルの紹介サイトに選ばれて掲載された。

人気のデリヘル嬢を各店が推薦をした物を、総合サイトで大々的に紹介してお客を呼ぶのだ。

昔(品川メルヘン)は当時人気の楓を推薦して掲載されたのだ。

何年も経過しても、良いイメージの写真は継続掲載をされていた。

その為純江が希望しても断られていたと説明をした。


馬場刑事がその楓の事を店に尋ねると、彼女は昔も当店のグループ店に勤めていましたと答えて、当時は（六本木ラブチャンス）の女の子として、菫ちゃんの源氏名で働いていましたと、グループの人事担当の責任者が、菫と楓が同一人物で資料も揃えて馬場刑事に渡した。

馬場は直ぐに楓が加納彩乃だと知って、静岡県警に問い合わせをしてきた。

先日の事情聴取の事も伝えなければ、混乱に成るので、捜査資料の提供をする佐山だ。


熱海の事件とデリヘル嬢の殺害事件が一つに成って、合同の捜査会議が警視庁で行われて、織部捜査課長以下三人の刑事が参加した。

能登に警視庁の刑事が調査に向かう事に成って、青酸化合物を橘郁夫が所持していた事実を、徹底的に調べる事に成った。

静岡県警も水槽タンクが能登の何処から運ばれたのか？

郁夫一人が何故？　熱海の旅館に二泊の予約をしていたのかに焦点を絞っていた。

旅館の布団係の新たな証言は、郁夫が誰かを待っていた事が判ったのだ。

郁夫に「急に二名に成った時、食事は要らないが、布団は用意して貰えるの？」と尋ねた事を聞いたと、証言をしたのだ。

一平達が郁夫は明らかに誰かを待っていた。

今日か明日時間が出来たら来ると云う意味だと思った。

結婚の決まった彩乃と最後の一時を過ごす場所に選んだ。

立場上これまでの様に行動が出来ないので、時間を作ってお忍びで旅館に来ると、彩乃が郁夫に伝えた可能性が高く成ったと推測された。


能登に伊藤と白石刑事が水槽タンクの二度目の調査に向かった。

馬場刑事達数人は手分けをして、郁夫の家族、会社、取引先の調査をして、青酸化合物の入手または所持が無かったのかを調査していた。

馬場刑事は郁夫の病気の妻、沙代の生きて居た時の病院を訪ねていた。

馬場が末期の癌で妻が亡くなった事実と、娘の結婚を急いだ事、郁夫が妻を愛していた事実を掴んで、病院で最後の様子を聞こうとして訪れた。

その中で、当時の担当看護師から、郁夫と沙代の仲が良かった事、亡くなった時の落胆の様子を聞いて、思わず涙に誘われる話しだった。

その中で、ある夜、苦しむ妻との会話で、沙代がこんなに痛くて苦しいのなら直ぐに楽に死にたいと言われて、困ってしまったと郁夫が、翌朝、看護師に悲痛な声で「楽に死なせる方法は有りませんか？」と尋ねられて「……」絶句をしたと話した。

自分に「青酸カリ……」と口ごもっていたとの証言を得た。

「これだ！」馬場刑事が郁夫は妻の為に、薬を手に入れたのかも知れないと考えた。

第二十二話　更なる計画

能登の旅館で馬場は同僚刑事との話の中で、その事実を公表した。

「でも、妻沙代は青酸化合物では亡くなってはいないのだろう？」

「だから、手に入れるのに時間が掛かって、妻は亡くなったのでは？」

「考えられるな、明日は青酸化合物を扱っている工場で郁夫と関係の有る処を徹底的に探そう」馬場達の話しは一点に絞られた。

翌日、数カ所に手分けをして向かった刑事が一つの工場で、郁夫がメッキの作業員に青酸化合物の話しをした事実を突き止めた。

だが、それは青酸化合物を渡した事ではなくて、管理方法とか、紛失の恐れ等に付いて聞かれたと言う事実だった。

明らかに郁夫が青酸化合物を手に入れようとしていたと、刑事達は決め付けていた。

結局、手に入れた事実は見つからなかったが、手に入れた可能性は大きいと結論に成った。


翌日、捜査本部は能登の事実を元に、加納彩乃を任意で連行する事を決定したのだった。

馬場刑事達が加納の自宅に早朝訪れた。

驚いたのは加納の家族だった。

騒ぎにお手伝いの山根が敏也を呼んで来て「何事です！」と加納敏也が言うと
「熱海の殺人事件と、東京のデリヘル嬢殺人事件の重要参考人として、加納彩乃さんの同行をお願いします」と馬場刑事が述べた。

「えー、何ですって？　殺人事件？」と口走った時、彩乃が玄関に来て「私は、何も知りません、身に覚えのない事です」と驚きの表情で言う。

「色々お話は署で聞きます」

彩乃は支度をして早く家を出たかった。

敏也達にデリヘルの事を聞かれるのが困ると、自分の立場を忘れて、まだ秘密を守ろうと必死だった。

玄関の騒ぎに梢も玄関にやって来て、何事と普段は遅い朝の目覚めが驚きの表情で見ていた。

お手伝いの山根に事情を尋ねる二人。

簡単な服装に着替えて家を出る彩乃は敏也に「関係無いから、心配しないでお母さんには、内緒にお願いします」と話して出て行った。

父敏夫は弟の俊樹と海外に仕事で出掛けて留守が救いだと、敏也は思っていた。

だが、彩乃に対して何が有ったのか？　不審感を持って、弁護士の準備を始めようと考えていた。


警察の取り調べで彩乃は、看護師時代の事は香織に聞いて貰えば判ると答えて、自分の無実を訴え様とした。

香織は警察が彩乃の事を聞きに来た事で、彩乃が警察に橘郁夫殺しの疑いが有る事を知って、早速明夫に相談をしていた。

明夫は母富子に連絡をして、もう彩乃に強請るのは無理だと伝えて、様子を見て加納の娘梢を自分の物にする気が有るから、少し待ってと伝えた。

富子は自分の息子の能力を高く評価していて、女をものにする能力は特に優れているので、明夫が梢をものにするのを待つ事にした。

梢は警察に連れて行かれた兄嫁彩乃に、何が起こったのだと驚く。

敏也は父敏夫に連絡をするのは、様子を見てからだと家族に伝えて口止めをした。

吉永明夫は殺人事件の容疑者に彩乃が成った事を、予想外だと感じていた。

明夫と富子には、何故？の思いの方が強かった。

明夫は香織が、自分達が三人を殺した事を感づいていると思う二人は、次の作戦を考えていた。

香織に総ての罪を被らせて、殺す計画を立てる。

彩乃は敏也との仲は確実に終わる。

明夫が加納家に入り込む事を前提に、加納家の財産を狙う計画に変わっていた。

明夫は香織に遺書を書かせて罪を総て被って貰おうと考えていた。

香織！　判っていると思うが、橘を殺したのはお前に成っているのだと、脅かす明夫だった。

自分が渡したカプセルで橘が死んだので、知らないとは言えない香織。

不安に成った香織に、彩乃が警察から戻ったら罪を背負って、死んでもらうと明夫に言われて、彩乃に遺書を書かせて殺すから見本を書いてと言われた。

明夫は香織に彩乃が警察から戻ったら、真犯人を知っていると言って呼び出せば、自分が彩乃に遺書を書かせて殺すからと言われた。

このまま、捜査が続けば必ず、自分達が逮捕されて万事休すに成ると、香織は不安に成っていたのだ。

「こんな、文章は？」と見本を見せると「もう少し具体的に書いた方が良い」と教えて、犯行の具体的な事を書き加える香織を嬉しそうに見る明夫だった。

香織の携帯には悠木との会話も残っているから、警察が捜査すれば香織の男で、能登に行った事実も確実に残っていた。

明夫は香織の携帯から自分の存在を消さなければ、自分が今度は怪しまれる事を知っていた。

彩乃に対する警察の取り調べは、帰されてはまた呼び出される感じで、延べ三日間の取り調べに達していた。

弁護士の向井重三郎が敏也から依頼されて、彩乃に色々尋ねたがデリヘルの事を頑なに隠し続けていた。

警察にも自分の過去の、デリヘルでの仕事は内密にして貰える様に頼んでいた。

馬場刑事達は、取り調べに協力する条件で出来るだけ話さないと約束はしていたが、保証は出来ないと答えていた。

向井は六十歳を超えた弁護士で、昔から加納の家族との付き合いが続いている敏夫の親友でもあった。


取り調べが一段落付いた時に、敏夫と弟俊樹がアメリカから戻って来た。

敏也は彩乃に何事も無かった様に接する様に言って、その場を取り繕うが、彩乃の事を心の中では怪しむ気持ちが芽生えていた。

看護師時代の患者と、昔の知り合いの看護師が殺されたので呼ばれたの、私は何も関係無いのよ、二人に関係が有るのは私だけだったから、疑われたのよ！と敏也には説明をしていたが、敏也は向井に事の真相を調べる様に頼んでいた。

探偵の春日が静岡県警を訪れたのは、丁度敏夫がアメリカから戻った頃だった。

対応した佐山が「お手伝いの山根さんが、話していた探偵が春日さんだったとは」と笑いながら驚いた。

「静岡県警が絡んでいたのは、知りませんでしたよ」

「春日先輩が探偵をしていらっしゃるのは、風の便りで聞いてはいましたがね」

「東京で聞きましたが、彩乃さんは犯人では無いと思いますよ」

「何故？　ですか？」と聞き返す佐山。

「私が調査を依頼されているのは、強請られているからですよ」

「彩乃さんが強請られている？」不思議な顔の佐山。

春日は神奈川県警の刑事で、昔は佐山と一緒に捜査をした仲だった。

静岡と神奈川の両方に跨がった事件で、よく協力をして捜査をしていたのだ。

第二十三話　離婚

春日は佐山に彩乃は能登の人間に脅迫されて、お金を二度払っていると教えて、殺人事件の後なので、橘では無い事は確かですと伝えて写真を見せた。
能登の人間で彩乃と関連が有るのは橘一人、橘の関係者なら
「この不鮮明な写真がお金を引き出した女です、合計百五十万」

「流石ですね、写真を手に入れるのは」と笑いながら春日を褒める佐山だった。

春日は自分が探偵を頼まれたのは二人目で、以前の探偵は柴崎和紀と云う者で、悠木の殺人事件で恐ろしく成って逃げ出したと佐山に話した。

お互いの情報の交換で別れた春日は、再三彩乃が犯人では無いと訴えて帰って行った。

佐山は探偵柴崎に話しを聞こうと事務所に電話をしたが、留守で海外に行っていると言われて帰りを待つことにしたが、翌日その必要が無くなる事件が起こった。

また、熱海の同じ旅館で女性の自殺死体が発見されたと通報が有ったのだ。

下条香織が青酸化合物を飲んで死んだ。

遺書が発見されて自殺と発表されたのだ。

朝から現場に向かった佐山達が、今まで捜査の対象にも成らない人物の突然の自殺に驚き顔に成った。

遺書には犯人しか知らない数々の事が記載されていたので、自殺に断定された。

青酸化合物がカプセルを使用していた事は、新聞には発表されていないのに、遺書には書かれていた。

彩乃のデリヘル勤めを強請っていた事、悠木は香織の彼氏で彩乃を尾行させていた事実、彩乃が警察に取り調べを受けて、自分の事が判るのが時間の問題に成っての自殺に成っていた。

加納彩乃は香織の死によって、今まで隠していた事実が加納家の中で露見してしまって、敏夫は烈火の如く怒る。

敏也も自分が騙されたと彩乃を罵る。

そして家族全員の冷たい視線を浴びて、子供を残して加納の家を出なければ行けなく成った。

彩乃は事実を知られては、もうこの家には居られない事は充分に知っていた。

子供の純也を残して出て行けと罵声を浴びて、加納家を去ったのは香織が亡くなって三日後の事だった。

彩乃には香織が三人を殺した？　自分を強請っていた。

信じられない事実に、驚きの連続だった。

香織の携帯には悠木を使って、能登に橘郁夫の消息を調べに行った事実がそのまま残っていた。

警察で事情を聞かれて、携帯の履歴を見せられて、納得する彩乃だった。

自分の幸せを妬まれていたと、その時初めて知ったのだ。

香織の自殺によって、小泉真矢も今まで感じていた事を警察の取り調べで話したので、より香織の嫉妬による殺人の状況が強く成った。

悠木の死体を運ぶのに誰が手伝ったのか？　それだけが謎として残っていた。

数日彩乃は東京に居たが、疑いも晴れて両親が再三彩乃を北海道に呼んだので、帰る事にしてホテルで荷物の整理をしていた。

春日探偵が、別れの電話を掛けてきた。

「もし、今後何か困ったら、静岡県警の佐山刑事に相談すれば、私の友人だから話して置くから、元気を出して」と励ましてくれた。

「有難うございます、人の嫉妬と、嘘が恐い事が身に染みて判りました」と彩乃は憔悴していた。

東京の捜査本部は下条香織の自殺事件で、児玉愛子の事件は数日後解散になり、犯人死亡で事件の捜査は終了してしまった。

静岡県警は一応橘郁夫の事件は香織の犯行で終わったが、悠木俊昭の事件には、必ず共犯？別の人物が居ると担当の人間を少なくして、捜査を続ける事に成った。

香織が亡くなって、一カ月で加納圓は退院して自宅に戻った。

孫の純也は可愛いが、彩乃の事を思い出すと怒りが込み上げる圓だった。

敏也は彩乃に騙されたショックで、無口に成って仕事に明け暮れる。

結婚の約束をしていた加持信夫も、梢を避ける様に成っていた。

時間が解決するので、少し結婚は延期でと言われて、寂しい梢なのだ。

その梢に、今がチャンスだと明夫が近づいて来た。

上手に話し掛ける明夫、男性との付き合いが少ない梢、信夫と別れた寂しさも重なって、出会って三度目でホテルに誘う明夫の行動力。

真面目な信夫とは全く異なるテクニックに、心も身体も奪われてしまった梢だった。

「上手くいったよ、もう梢は俺の思いのままだ」

「流石だね、真面目な女の子だから、お前の手にかかれば終わりだと思っていたよ」

「能登の出身で、芸能界を目指して上京したと、話して置いたよ」

「大きな会社だから、上手く付き合ってお金にするのだよ、金持ちのお金を根こそぎ頂くのよ」

と意味ありげに言う富子。

「判っているよ、兄は先日の離婚で元気が無い、弟はボンボンだ」

「作戦は考えてあるよ、明夫は梢と結婚を考えてね」

恐ろしい親子の企みが加納の家に向けられた。

釧路に帰った彩乃は憔悴していたが、貧乏漁師の娘、しばらくして地元の個人病院に勤め始めた。

子供の純也も半ば諦めて働き出して数日の夕方自宅に、能登工芸社と云う会社から荷物が届いていた。

能登は知っていても、能登工芸社には記憶が無い彩乃は包みを開けて、驚きの表情に成った。

輪島塗の夫婦箸と椀のセットが入っていた。

「これは、高級品だ」

一緒に見ていた父の義治と母冴子が手に取って見入る。

金箔、椀の裏を見て「としや、あやの」と読み上げて「これ、お祝いの品なの？」同封の手紙を彩乃に差し出して「手紙が入っているよ」彩乃は手紙を読み出した。

手紙は能登工芸社の片瀬美代子が書いた物だ。

社長郁夫が亡くなってから、工房から届いて何方の注文で制作した物か判らず、事務所で保管をしていました。

先日までの事件報道で、贈り主を知って判っていましたが、贈る気に成れずに、今日に成りました。

先日警察の方が当社にお越しになり、事件の経緯を聞きようやく私成りに心の整理が出来ましたので、社長の意志を尊重してこの品を贈ります。

贈り主の能登工芸社の住所、電話、そして片瀬美代子の名前が書かれていた。

彩乃には何が何だか判らない、今頃何故?

この様な品物が届けられたのか理解出来なかった。

もう、遠い夢の中の事だった。

子供も捨て、愛する主人にも捨てられて、嫌みに贈られた品物を投げつけ様とした。

第二十四話　再捜査

「彩乃、お前の気持ちは判るけれど、贈り主も死んで久しいのだよ、許してあげれば?」母の彩子が彩乃の手を持って諭すように言うと「お前が、デリヘルで出会った年寄りに、親切にしたのが嬉しかったのかも知れない、事情を聞いてみたらどうだ」父も彩乃に怒りを静めて冷静に成れと言った。

翌日、彩乃は能登工芸社に電話をすると「私が説明するより、静岡県警の刑事さんに聞いて下さい」そう言って電話を切ってしまった。

しばらくして彩乃は、春日に聞いた佐山刑事の携帯に電話をかけると「ご無沙汰です、先程能登工芸の片瀬さんから、連絡有りましたよ」と佐山が言った。

「はい、今頃この様な品物を贈られても困るのですが、もう私も思い出したくも無いので、送り返しても良いでしょうか？」と怒る様に言う。

「彩乃さんは、橘さんの事を誤解されているでしょう？」

「何が？　でしょう？」と強い口調に成る。

「橘さんが貴女の病院を訪問したのは、先日贈ったお祝いの品を渡す為だったのですよ」

「私には陰の世界で知り合った人ですから、表に出て来て貰っては困ります」

「表とか裏とか区別をして、今まで楽しく過ごしていたのを、ハサミで切るように別れたのでしょう？」と言い切る佐山。

「当然です」と強い言葉で言い切る。

「橘さんは最愛の奥さんを癌で亡くされ、娘さん達を嫁がせて寂しかった、その心の隙間を埋めてくれたのが彩乃さん、貴女だったのですよ、だから貴女の結婚を橘さんは喜んでいた」と佐山が諭す様に言う。

「……」黙って聞く彩乃。

「急に消えてしまった彩乃さんにお祝いが言いたい、自分の寂しさを慰めてくれた貴女にお礼がしたかった、それだけなのです、それを貴女の友人の下条さんに利用されて、殺されてしまった」

「……。」思い詰める。

「貴女の幸せを妬んだ、下条さんに青酸化合物を飲まされて亡くなったのですよ」

「香織はどの様に青酸化合物を手に入れたのですか？」と急に尋ねる。

「橘さんが持っていた物を使ったと思います」

「橘さんが青酸化合物を持っていたとは、考えられませんよ」

「何故？」と佐山が身を乗り出して、携帯を握り締めた。

「今、初めて知ったのですが、奥さんが末期の癌だったのですね、昔、癌の話しを聞いた事が有りました。その時、青酸カリでも有れば苦しまずに死ねるのに、中々手には入りませんからね、と話していましたわ」と彩乃が話す。

「えー」と佐山の声が大きく成った。

「今、初めて判りました、あの時の癌患者の話は自分の奥様の事だったのですね」

「橘さんの事で何か思い出したら教えて下さい、警察は間違えたかも知れない」そう言うと佐山は電話を切ってしまった。


「一平！　犯人は下条香織では無いかも知れない」と大きな声で叫ぶ佐山。

「えー、何故？」釣られて大きな声の一平。

「青酸化合物を橘は持って無かったそうだ」

「本当ですか？」

「そうだ、妻の痛みを救う方法に青酸カリを探していたらしいが、手に入らなかったらしい」

「それでは、あの遺書は？　偽物」

「旅館にもう一度聞き込みをしてきてくれ、小さな事でも見落とすな」

「はい」静岡県警は意外な彩乃の証言で再び動き出した。


彩乃も郁夫のくれた箸と椀を眺めていたが、急に「墓参りに行って来るわ」と言って釧路を後に能登の橘家に向かっていた。

加納の自宅に初めて行った明夫は、家の大きさに興奮を覚えていた。

お手伝いの山根の他にもう一人、看護師を雇い入れて圓の面倒を見ていた。

明夫の行った日にはこの看護師、坂上千鶴は圓を車に乗せて病院に行って留守だった。

「今度の彼氏は若いですね、それに美男子ですね」と山根は梢に囁くと「応援してね、私彼の子供が出来た様なのよ」と耳うちした。

「えー」と驚く表情の山根。

「だから、応援してよ」

「はい、判りました」

大きな家の中を我が物顔で歩く明夫、寝室に眠る純也を見て「甥っ子か?」とぶっきらぼうに言う。

「そうよ、売春婦の残した子供よ、お兄さんはこの家ではもう信頼されていないわ」

「それは、哀れな事だな」と鼻で笑う明夫だ。

「兄は騙されたのよ、あの売春婦の女にね、整形をして兄に近づいて、得意の技を使ったのよ、慣れているから兄は簡単に引っかかったのよ」と馬鹿にした。

心の中で明夫はお前も同じだよ、俺がこの家に入り込む迄の道具だよと思っていた。

「こんな、子供が居たら世話が大変だよな!」

「そうなのよ、あの山根さんも子供の世話と家族の世話で大変よ」

「この、子も居るからな」と梢のお腹を触る明夫、嬉しそうにする梢。

「良い人、紹介してやろうか？」

「お手伝いさん？」と嬉しそうに尋ねる。

「そうだよ、良く気が付く叔母さんだよ、まだ四十代で若いから役にたつよ」

「そうなの？　一度会わせて」

「俺が子供の頃から知っていて、高級旅館の仲居をしていたから、人に対する接し方は最高だよ」と微笑む。

「良いわね、お父様も気に入るわ、高級旅館の仲居さんなら、是非紹介して」

「判った」上手く事が進んだ顔。

「頼りに成るわ、若いけれど明夫さんはしっかりしている」

山根に梢が話すと大賛成に成った。

自分達の話は後で話す事にして、母親富子を住み込みで潜入させる事にする明夫だ。

敏也と彩乃の離婚は、向井弁護士の計らいで正式に決まって、彩乃は子供の権利を失って、何も貰えずに正式離婚に成った。

彩乃は能登の橋の会社を初めて訪れて、片瀬美代子から郁夫の事を色々聞いて、デリヘル嬢と客以上の付き合いをしていた事を初めて打ち明けて、海外にも連れて行って貰った事を話すと、社長は最愛の奥さんが亡くなっても、落ち込まずに仕事をしていた原因が、この女性の存在だったと美代子は初めて知った。

美代子に連れられて郁夫の墓に参る彩乃。

自分の事を守るために殺されたと思うと、今まで堪えていた悲しみが一気に吹き出した彩乃は、墓の前で初めて泣き崩れた。

春日が遺書には、知り合いにお金を引き出しに行かせた様な事が書かれていたが、香織の口座にはお金は入っていないな、と佐山に電話をしてきた。

まだ、春日は事件を追っていた。

依頼人の彩乃はもう依頼はしていないのに、自分が納得をしていなかったので、刑事の習慣が残っていたのだ。

佐山は彩乃の証言で、香織も殺されたのでは？

遺書には名前が一切入っていない事を、美優が不審に思っていると一平が話した事も気に成る。

捜査会議で、もし香織に共犯者が居た場合、悠木殺しも可能に成ると仮説をたてて、織部課長に話した。

その共犯者は自分が危なくなって、香織に罪を被せて殺したとすれば、彩乃が犯人として疑われていたのに、何故急に香織を犯人に仕立てたのか？に疑問が集中した。

「彩乃が犯人では、困る事？」

「何だろう？」

口々に疑問に首を傾げる刑事達、だが一つ確かな事は青酸化合物の入手が、橘郁夫では無い事実だ。

佐山が春日探偵から知り得た情報を元に、現在判っている事を書き出す事にした。

では？　誰が？

「もう一度整理をしてみよう」ボードに書きだした佐山だった。

第二十五話　不思議な光景

殺人事件は

①熱海の高級旅館夕月で橘郁夫が、青酸カプセルを飲んで死亡
一人で二泊の予約をして、同伴者の到着が有る様な雰囲気。
②新宿のデリヘルで児玉愛子が青酸カプセルを飲んで死亡
上記の二人は自分でカプセルを飲んでいて、飲ませた人はいない。
何かの薬だと偽って飲んだ可能性が極めて高い。
③熱海の高級旅館夕月で月に一度の北陸から到着する。
鮮魚の水槽タンクに悠木俊昭の死体が、搬送されて来た。
死因は青酸カプセルを飲んでいた。
④熱海の高級旅館夕月で、宿泊の下条香織が青酸化合物を飲んで
自殺、遺書が存在して、上記の事件の犯行をほのめかせていた。
これまでの経緯を読み上げる佐山
＊最近判ったのだが、香織が所持していたと思われる橘郁夫が所持していたとされる青酸
化合物だが、橘は持っていなかった事が田辺彩乃の証言で判った。
その為、下条香織が持っていたとされる青酸化合物の入手先が不明に成った。
＊事件の発端？　田辺彩乃がスキーの事故で入院してきた加納敏也との交際が原因と思わ
れる。

下条香織と田辺彩乃は看護学校の時からの友達だった。

お互い家庭に身障者を抱えていて、話が合ったからだ。

彩乃は看護学校を出ると、最初の病院で稼いだ給与で整形をして、綺麗に成ろうとしたが、病院の給与では満足な整形が出来ない。

先輩の児玉愛子の紹介で（六本木ラブチャンス）と云うデリヘルに勤め出した。

彩乃はお金が手に入ると、直ぐに整形と同時に職場も変わって、自分の存在を消した。

彩乃は二軒目のデリヘル（品川メルヘン）で橘郁夫と出会う。

妻に病気で先立たれ、娘の結婚で一人暮らしの郁夫は寂しさを彩乃との出会いで癒された。

整形も完了して、デリヘルを辞めても郁夫との交際は続いていた。

二人は気が合った様で、六年以上の長い交際に成った。

郁夫はデリヘル嬢楓としてはもう付き合っていなくて、田辺彩乃として付き合っていた。

彩乃は時間が経過しても橘郁夫の事を、デリヘルの客で真木賢一から変わっていなかった。

香織に誘われて、整形も終わった彩乃はＫＴＴ病院に転職をしてきた。

香織も彩乃も三十歳を超えて、結婚に焦りも有ったのだろう？

そんな時、資産家の長男加納敏也の入院、敏也が彩乃に好意を持ち始めて、香織は焦りと嫉妬を感じていた。

そんな時、彩乃は橘郁夫との別れを模索していた。

看護師の募集にあの児玉愛子が応募して、KTT病院に面接に来たのだ。

彩乃は自分の過去の秘密を知る二人が恐く成っていた。

何故なら加納敏也の家は真面目で、潔癖、敏也自体も風俗遊びも全くしない。

加納家の家族全体が、その様な職業の女性を軽蔑している風潮が有ったから、彩乃は尚更過去を知られたら自分の立場が無くなると、必死で隠そうとしていた。

それを下条香織は嗅ぎつけて、彩乃を強請った。

当初、彩乃が自分の昔の行いが露見するのを恐れて、橘郁夫、児玉愛子を殺害したと思われていたが、香織が遺書を書いて自殺をして状況が一変した。

この自殺にも疑問点が多い。
① 何故？　旅館夕月で亡くなったのか？
② 香織はどの様に青酸化合物を入手したのか？
③ 香織は二人の宿泊で予約をしていたから、仲居の話では連れの存在有りだが、連れは旅館には来ていない。
「以上の疑問点が有る以上、捜査は続行だ」織部捜査課長が最後に大きな声で全員に言った。

「田辺彩乃は、能登から東京に来る、もう少し疑問点を聞いてみましょうか?」と一平が言うと佐山が「一度美優さんに合わせてみては?　女の勘が働くかも知れない」

「困った時に役に立つのが内の奥さんですから」と笑う一平だが、早い事件の解決に手段は選べない県警だ。

　彩乃は能登に行った事で昔を懐かしく思っていた。

　今までの自分は何を考えていたのだろう?　失う物が無くなって、楽しかった思い出に慕っていた。

　輪島の能登工芸社から、能登の九十九湾の旅館に宿泊をした彩乃は、懐かしさで朝食の時に担当の仲居に「私をご存じの仲居さんは?」と尋ねると「先日で退職致しました」と答えた。

「えー、お辞めに成られたのですか?」

「良い就職先が見つかったと言われていましたよ」

「綺麗な方でしたね」

「昔は、夜の町で働かれていましたよ、旦那さんに死に別れて、子供さんが一人、美男子ですよ、一度この旅館に来られましてね、俳優さんに成れますよ」

「あの仲居さんもお綺麗でしたからね」

「吉永さんも不幸な方ですよね、旦那さん自殺だったのですよ」亀井絹枝と云う仲居もこの旅館が長い様で、色々と仲居同士の内情を知っている様だった。

漁船が旅館の下の船着き場に到着して、荷物の積み卸しをしているのが、眼下に見える。

「波が静かですね、漁船が桟橋に着いていますね」

「新鮮な魚をお客様に合わせて、毎日届けてくれるのですよ」

「だから、美味しいのですね」

「生きた状態で運びますから、夜料理するまで生きていますから、新鮮ですよ」

「昨夜のお魚も美味しかったです」

彩乃は昔、郁夫と泊まった時を思い出しながら、旅館を後に能登空港に向かった。

彩乃はその空港でもカメラを持って、撮影をしていた。

もう二度と来る事が無い景色、彩乃には能登の空気そのものが懐かしかった。

郁夫が能登に行こうと話したのは、もう随分前あの時何故？　宿泊の名前がいつもと異なっていたのかが、今回初めて理解出来た。

郁夫は自分の中に二人を描いていたのだと、妻沙代と娘麻紀の二人と娘の結婚前に三人で旅行がしたかった。

だが妻沙代の病状の悪化で実現出来なかったのを、彩乃と旅をする事で夢を実現させたと思った。

シャッターを切る彩乃のファインダーに、あの九十九の仲居吉永の姿が飛び込んで来た。

傍らには若いイケメンの男性が居て、何か真剣に話しをしている。

彩乃は声を掛けるのを躊躇って、そのまま飛行機に搭乗した。

席が意外と近い、サングラスの彩乃、席に座ってしばらくすると、履歴書の様な物を二人は真剣に見ている。

彩乃は何故かその履歴書が気に成って、何故？　なのか？　判らなかったが、真剣に見ていた。

しばらくして、トイレに立つ富子、座席に履歴書が置いて在る。

彩乃もトイレに行く様にして、上から履歴書を覗き込む、明夫は眠って居る。

「吉田、吉田富子」と書いて有る。

この仲居さん確か吉永さんだったと思ったけれど？　不審感を持つ彩乃、その時急に目覚める明夫に目を逸らす彩乃だった。

第二十六話　潜入

吉永明夫は母富子を、加納の家に潜り込ませる為に面接に連れに来たのだ。

綿密な打ち合わせと、履歴書を誤魔化して、家政婦として家に入り込むのだ。

上品な感じを装い、髪を整えればまだまだ綺麗な富子。

東京に到着すると、予約の美容院に飛び込む二人を、遠くから不審な眼差しで見ていた彩乃だった。


ＫＴＴ病院に挨拶に行ってから、静岡に向かう予定に成っている。

一平と美優が彩乃を招待していたのだ。

招待とは聞こえが良いが、何か事件のヒントが聞きたい二人だ。

美優の洞察力に期待して、駅前のホテルを用意して待っていた。


ＫＴＴ病院に行くと同僚達が「大変だったわね」

「香織さんが、あの様な恐ろしい事をするなんてね」

「恐いわ」と口々に話す。

先日までは犯人扱いで話しをしていた同僚も、手のひらを返した様に言うのだ。

彩乃は小泉真矢にもう少し事件の事を聞こうと、茶店に誘うと「私ね、警察にも内緒の事が有るのです」といきなり話し出した。

誰かに話したくてムズムズしていた様だ。

「何?」

「実はね、あの悠木さんって、香織さんの彼氏だったのですよ」

「知っているわ」

「それが、ですね！　亡くなる頃は邪険にされていたのですよ」

「何故?」

「香織さん、別の彼が出来たって話していました」

「そうなの?　でもそれで殺さないでしょう?」

「若くて、イケメンだって自慢していました」

真矢は自分に紹介された明夫が同一人物とは知らないから、別人だと思って話していた。

彩乃の頭に、吉永と一緒に居た男性の顔が浮かんだ。

「顔見たの?」

「香織さんの話では若い男性らしいですよ」

「それは、どの様な関係?」

「それが、最初だけ教えてくれたのですが、途中からは全く彼の事は言わなくなりました」

「別れたのでは?」

「絶対にそれは無いと思います」

「何故?」

「機嫌は良かったですから、それはないと思います」

彩乃は真矢と別れても、頭の片隅に能登の男性の顔が残像の様に残って、静岡に向かった。


静岡駅前のホテルのレストランに待つ一平と美優。

形上は事件では東京の警察が迷惑をかけて申し訳ないと、美優が食事に誘った様に成っていた。

彩乃も大体の事は判っていた。

それよりも本当に香織が犯人なのか?の疑問が彩乃には有ったので、確かめたい気持ちも大いに有る彩乃だった。

子持ちの人妻だった彩乃は色気も備わって、美人度が増した様に見えて「こんばんは、遠慮なく来てしまいました」とお辞儀をした。

「妻の美優です」

「田辺彩乃です、初めまして」と挨拶をした。

「刑事さんの奥様って、お綺麗ですね」と微笑むと「彩乃さんもお綺麗ですわ」と褒めると「整形ですから」としらけた様に言う彩乃。

「東京の警察が誤認で取り調べをして、気分を害されたとお詫び申し上げます」と一平が会釈をして謝った。

「本当に、香織さんが犯人ではないのは本当ですか?」

「先日も電話でお話しましたが、彩乃さんの証言で佐山刑事が事件を洗い直しているのですよ」

と一平が言うと美優が「警察は橘郁夫さんが、メッキ工場で青酸化合物を手に入れ様としていた事実を手に入れたと、解釈してしまった様ですね」

「私も末期癌の患者さんが、まさか橘さんの奥さんの話とは知りませんでした」

食事が運ばれて、ビールを飲み始める三人。

「私も、香織さんが青酸化合物で三人も人を殺すとは考えられませんでした。一人は香織の彼氏でしたから、尚更ですわ」と彩乃が話す。

美優が「悠木さん?　香織さんの彼氏ですか?」

「はい」

「でも、犯人は必ず貴女の近くに居る人が、関係していると思いますよ」と言うと彩乃が「恐いですね、でも顔も見た事がない人なら、近くに居ても判りませんね」

「香織さんは無関係では無いと思います、何かで関連が有って、真犯人に殺されたと思います」と一平が言うと彩乃が「今日、ＫＴＴ病院に挨拶に行ったら、後輩が香織さんは、若い男性とお付き合いをしていたと聞きましたわ」

「若い男性？　ですか？」と一平が確かめる様に聞く。

「はい、イケメンだと話していました」

「その方、男の顔を見たのでしょうか？」

「いいえ、香織さんの話しだけの様です」

「その、後輩のお名前は？」

「小泉真矢さんです、香織さんとは仲が良かったと思います」

その後、彩乃は自分の過ちと橘郁夫との事を話し出した。

橘さんには、大変お世話に成っていたのに、敏也さんとの交際が始まって、いつ別れようか？と思案の中、自分の知らない人に声を掛けられて、気が動転してしまって、逃げる様に橘との別れに成った事、その後は総てのコンタクトを絶って橘さんとの事実を消してしまった。

それが今回の事件の発端に成った自分の大きな過ちだった。

正式にお礼を言って別れていたら、事件は起こらなかったと、涙ぐんで話す彩乃は痛々しい。

人の嫉妬が引き起こしたと、彩乃は自覚した様だった。

最後に彩乃が「能登の橘さんの墓にもお参りして、謝って来ました。もう取り返しは付きませんが、九十九の旅館に泊まった時だけ、宿泊の名前が変わっていた事は、疑問だったのですが？　今回その理由も判りました」

「何だったの？」美優が尋ねる。

「亡くなった奥様と娘さんの二役を私にさせて、懐かしんでいた様です」

「楽しかった思い出だけを残して、置きたかったのですね」美優がしみじみと話す。

「先日、宿泊した時に担当して頂いた仲居さんに、お話を伺おうと思っていましたら、もう辞められていました」

「それは、残念でしたね」

「それが、偶然帰りの飛行機が一緒でした」

「お話されたのですか？」

「いいえ、お連れの方がいらっしゃったので、遠慮しました」

「そうですか？　残念でしたね」

「能登に橘さんの自宅を探そうと、伺った時も親切に応対して頂きました、四十代半ばの上品な綺麗な仲居さんでした」

彩乃はそれ以上の話しはしなかった。

ただ懐かしい思い出の一部として話したのだ。

二人は食事の後、ホテルに彩乃を残して帰って行った。

彩乃は明日、釧路に帰ると話していたが、本当は自分の子供を一目見て帰る予定にしていた。

嫌いで別れた訳ではない我が子に、一目遠くからでも見たいそんな気持ちが有った。

美優は一平に「大して収穫は無かったわね」と言った。

「彩乃さんの懺悔を聞いた様な時間だったな」

「一つだけ収穫が有ったわ」

「何？」

「下条香織さんに若い男性の影が有った事よ」

「悠木は香織の元彼、邪魔に成って殺された？」

「若い男性と香織の共犯なら、殺せる」

「悠木さんも能登で殺された？」

「可能性は高いと思う、七尾から水槽タンクに乗せられて運ばれていたからな」
「何故？　能登なの？」不思議そうに言う美優だった。

翌日、吉永富子は梢を尋ねて加納の自宅に行った。
敢えて明夫は用事を作ってその場を避けていた。
幾ら、取り繕っても親子が露見するのを恐れたのだ。
綺麗な服装に化粧をすると、まだまだ美しい富子、日曜日で敏夫と圓が面接をした。
敏夫は一目で富子を気に入った。
物腰の柔らかさと旅館で培った客あしらいは、敏夫を満足させるのには充分だった。
圓も敏夫が納得するなら反対の理由は無いと採用が決まった。

第二十七話　九十九湾の謎

採用が決まって、富子は早速明夫に連絡をする。
加納の自宅には一週間後に荷物と一緒に、住み込みで来る事に成った。

明夫は喜んで、梢の口添えのお陰だと、自宅の近くに迎えに行くから、映画でも観に行こうと誘った。

まだ、父親達に会うのを躊躇う明夫、もう少し待てば梢の腹が大きくなって、自動的に紹介されると考えていた。

それまでに、母富子が次の手を打つだろうと考えていた明夫だった。

自宅の近くに来たのは、彩乃も同じだった。

山根が散歩に子供を連れ出す様に頼んでいたのだ。

お金に弱い山根にお金を渡すから、一目子供に会わせて欲しいと頼んでいた。

純也自体家族に疎遠にされていて、敏夫も圓も殆ど関知しない。

敏也の子供だから引き取った。

それだけだった。

近くの公園で待つ彩乃の近くを、明夫が鼻歌を歌いながら通り過ぎていく。

「あれ？　あの人は？」

不思議そうに向かった方向を見る彩乃、直ぐに顔を隠す、前方から梢が来たからだ。

「えー」と口走って、二人が仲良く手を組んで、通り過ぎるのを待った彩乃。

「何なの？　あの男性と付き合っているの？」と独り言を言っていると、山根が子供純也を連れてやって来た。

お金を封筒に入れて渡すと「直ぐに、帰らないと叱られますから」と言う山根に「梢さん、加持さん以外の人とお付き合い？」

「もう、加持さんとは破談に成りましたよ、貴女のせいですよ」と恐い顔で言う山根だ。

久々に抱く我が子に自分を忘れる彩乃だが、山根は無情にも抱き抱えて「今回で最後にして下さい、私クビに成りますから、新しいお手伝いさんも来ますから、この様な事が奥様に知られたら終わりです」そう告げると、彩乃の涙目を残して加納の家に向かって歩いて行った。

我に返った彩乃は頭の片隅に、あの履歴書と吉永の顔が浮かんだが、直ぐに打ち消したのだ。

今の若者が吉永とどの様な関係なのかも判らない。

推測では話せない事だと考え直す彩乃の足は、寂しく空港に向かっていた。


静岡県警では日曜日も関係無く、一平と伊藤が佐山に昨日の状況報告と今後の捜査を話し合っていた。

新しく判った事と佐山がボードに書き始めた。
①　下条香織に若い男性の恋人が居た。
②　悠木俊昭は下条香織の元彼で亡くなる前は邪険にされていた。

③　悠木の殺害が何故？　能登の七尾近辺なのか？
④　彩乃を脅迫してお金を引き出したのも能登だ。
⑤　その人物が誰なのか？　香織と関係が有るのか？
この五点に付いて明日から調べる。

「美優さんは、何か感じていなかったのか？」佐山が一平に尋ねると「美優は人の妬みが発端ですが、何か別の事に利用されただけかも、知れないと言っていました」

「別の事？」

「そうです、事件の根が深いと言う事ですね」

三人にはこの根の正体が判らない。


吉永富子は金沢の生まれ、実家はその昔加賀の殿様に納品する程の、呉服屋を営む裕福な家庭だったが、父親茂木淳之介の投資の失敗で没落して、母久代は実家に戻って、富子の子供明夫を育てて、富子の夜の勤めを助けていた。

富子が器量の良いのは、血統の影響も有ったのだろう。

吉永久代の父順次も茂木に誘われて投資に名前を連ねて、財産が一瞬で消えた被害者のひとりだった。

飛行機の中で三十五年程前の出来事を思い出す富子。

それから苦労の連続だった。

ようやく結婚と思った矢先の桂木家の反対に、気の弱い明夫の父親静夫は富子を残して死んでしまった。

貧乏な母と二人の家が反対の理由で静夫は死に、残されたのはお腹の明夫だった。

もう、母の久代も数年前に亡くなって失う物は明夫だけ、富子の顔は鋭気に満ちていた。

翌日から静岡県警は東京の病院に伊藤と白石刑事を向かわせて、真矢から若い男の存在を探す事に成った。

朝、美優が「能登に関連が有る人がもう一人居たわ」と一平に話した。

「誰？」

「彩乃さんの嫁ぎ先の加納敏夫さんって、能登の輪島の出身よ、会社の紹介の欄に小さく出ていた」

「偶然？　だろう？」

「でも、事件に関連有るかも知れないわよ」

「彩乃さん、知っているのかな？」

「知らないのでは？　もう随分前に東京に出て来ているから」

「じゃあ、関係無いかも」

「能登に行くから、調べたら？」

「判った」佐山と一平は今日から能登に再び向かった。

　お金を引き出した人物の特定と七尾の水槽タンクをもう一度確かめる事が今回の目的だ。

「今回は、九十九の旅館に泊まれますね」

「遊びでは無いのだよ、支配人にもう少し聞きたいからだ」

　春日探偵から貰った写真、丸山尚子の名義、本人に承諾無しに口座が作られたと云っても随分前で、本人の記憶に無い事だった。


　病院へ行った伊藤達に看護師の一人が、イケメンを見たと話したので特徴を聞いた。

　真矢に会いに来た時の明夫を見た看護師が、間違って伊藤に伝えて、話が複雑に成っていたが、結果は正しかった。

　身長百八十センチのスタイルの良い、俳優の様な二十歳過ぎの若者との聞き込みは、佐山達の携帯に連絡された。

一平は、美優が朝話した株式会社ＫＡＮＯＵの沿革の調査を二人に依頼した。

「一平！　何故？　加納の会社を調べるのだ？」

「朝ね、美優が加納は能登の出身だと、急に言うから気に成って」

「そうなのか？　能登の出身なのか？」

「今の社長は二代目で、元は加納不動産と云う会社で輪島でしたね」

「能登に何か秘密が有るのか？」

「判りません、美優は引っかかった様です」

「美優さんの感は凄いからな」

「時間が有れば、調べましょうか？」

「そうしよう」

「今夜は九十九でゆっくりして、明日から探そう」

二人が九十九湾の旅館に到着したのは夕方に成って居た。

「露天風呂に、行って来ます」

「そうだな、暇な時間に支配人に聞こう、今は客のラッシュで忙しい」

二人は九十九湾に面した船着き場の側に、樽の露天風呂が並んで居る。

一人用の変わった風呂が数個並んで設置されていた。

「変わった風呂ですね」

「入ろう」二人が並んで樽風呂に入る頃、九十九湾に夕日が沈む。

「綺麗な景色ですね」

「波が静かだな」廻りを見廻す一平が「佐山さん！　あれ！」と指を指した。

「あれは！　水槽タンクですね」

「そうだな、同じ色だな」

船着き場の横に無造作に置かれた黄色い水槽タンク、二人の頭にもしかしての疑問が俄に湧いていた。

第二十八話　加納不動産

食事の時に担当の仲居に「船着き場に黄色の水槽タンクが有りましたが？」

「あれですか、鮮魚を漁船が運んで来るのですよ」

「毎日ですか？」

「お客さんが多い時は毎日、少ない時は三日に一度ですかね」

「普段は、あの様に置いて在るのですか？」

「はい、空のタンクは次回に持って帰ります、時々足らなくて取りにきますがね」

「この男性見た事有りませんか？」悠木の写真を差し出す一平。

「私は知りませんね、亀井さんなら知っているかも、呼んで来ます」

しばらくして、亀井がやって来て、写真を見て「この人知っていますよ」

「えー！　ここに泊まられました？」

亀井は首を振って「随分以前に来られました、でも変でしたよ」

「それは？」

「先日いらっしゃった、綺麗な女性を追い掛ける様に、入って来られて、女性が帰られると、続いて帰られました」

「あの、先日ってここ数日間の事でしょうか？」

「はい」

「名前は？」

「確か、田辺彩乃さんだったと、背の高い綺麗な方でした」

「えー！　悠木が彩乃さんの知り合い？」

「以前来られた時は、支配人さんと吉永さんって仲居さんと、三人が話されているのを窺うような感じでした。私気に成ったので覚えていました。

人の顔を覚えるのは得意ですから、私の記憶が間違って無ければ、田辺さんこの旅館に三度来られていますよ」

「そ、それ正解です」

一平が嬉しそうに言って、橘郁夫の写真を見せる。

「この男性でしょう？」

「はい、この方です、楽しそうにホテルのクラブで歌ってらっしゃいました、私当時、クラブの担当もしていましたから、覚えています」

佐山は先日この旅館に彩乃が泊まった事は聞いていたから、この亀井の話しは本当だと確信をした。

悠木がこのホテルに来たのは随分前？　殺されたのは能登の近辺に間違いはないのだが？

「船着き場の水槽タンクは、専属の漁師さんが来られるのですか？」

「はい、殆ど同じ船が来ているのでは？」

「重いタンクでしょう？」

「漁船に小さなクレーンが、付いていますので、軽々と運びますよ」

「何処の船か判りますか？」

「はい、調べて連絡します」

亀井が出て行ってから二人は「クレーンなら、重さは判らないな」

「水が入っていれば判らないですね」

二人は悠木がこの旅館で殺されて、水槽タンクで運ばれたと仮説で話し合っていた。

一時間後仲居の亀井が「能登養殖水産と云う会社が定期的に運んでいます、これが住所と電話番号です」と手渡した。


翌朝、早速二人は能登養殖水産に向かう。

事件当日の船の運航記録を見て「この日に、九十九の旅館から、七尾港まで一隻魚を運んでいますね」

「はい、週に一度養殖の魚を運びます」

「この日の船長さんは？　田所さんって書いて有りますが？」

「田所ですか？　もう辞めました、辞めたと云うより、来なくなったが正しいですね」

「えー！　それは？」と驚く。

「熱海で事件が有りましたよね、七尾から水槽タンクに死体が入っていた、その日からしばらくして、急に来なくなりましたね」

「警察はここには来なかったのですか?」

「はい、来ませんでしたね、離れていましたからでしょうか?」

佐山達もこの水産会社は、リストに入っていなかったと思いだしていた。

「田所さんの家族の方は?」

「あいつは、一人暮らしですよ」

「連絡はされましたか?」

「何度か電話はしたようですが、以前から出勤態度が悪くて、同僚から嫌われていましたね」

「この船は、田所さん一人が?」と尋ねた。

「途中まで、後籐君が一緒でしたが、七尾には田所一人で行っていますね」

「事件の後、不審に思って警察に連絡はしなかったのですか?」

「当日の運行記録に不審な点は有りません、後籐君に聞いても、何も無かったと言いましたので、そんな事件と関係が有るとは思いませんでした」

「田所さんの住所、教えてもらえますか?」

佐山が「後籐さんは、今日はどちらに?」

「後籐も先月退職しました」

「えー、理由は?」

「若者は転職も早いですよ」と人事課長加山は笑いながら言った。

佐山は念のために後籐和人の住所も聞いて、調べて見ることにして会社を出た。

田所は小木郵便局の近くのアパートが現住所に成っていて、二人が行ったが、既に表札が変わっていた。

家主を捜して訪問をしたが、行方不明で連絡も無いので仕方が無いので、片づけて退居させたと語った。

部屋に有った物は、トランクルームに入れて有ると言うので、調べに向かう事にした。

だが、めぼしい物は全く無くて、時間の無駄に成って、今日中の輪島の調査は難しく成った。

佐山が「捜査課長、意外な場所で水槽タンクを見つけました、もう一日九十九湾ホテルに泊まりたいのですが？」

「そうなのか？　何か見つかったのか？」課長の嬉しそうな声、警視庁に一本取れると意気込んで「もう一日、そのホテルに泊まって、調べてくれ」と織部に言わせたのだった。

「流石ですね、佐山さん」

「年の功だよ」と笑う佐山だが、胸には田所と後籐も事件に巻き込まれたのでは？の疑念が湧いていた。

トランクルームから、後籐純の自宅のアパートに行ったが、実家に帰ったと近所の人が教えてくれたが、実家の場所は知らないと答えた。

二人は直ぐには捜せないと諦めて、ホテルに戻ると、もう一泊宿泊を申し出た。

平日で暇なのか、昨日の亀井絹枝が担当で来て、事件の事に興味を持って「何か判りました？」と聞きたがった。

「水産会社を、船長も助手をしていた青年も退職していましたね」

「辞めたの？　田所さん、見ないと思ったわ」

「よくご存じで？」

「時々、話しをしましたから、ホテルの残飯も魚の餌に持ち帰る時も有りましたから、少し変わった人でしたけれど、船長以外に出来る仕事は無いと、よく話していました」亀井の証言は佐山の疑念を大きくさせた。

「この旅館で、特に田所さんと親しい方は？」

「今は、私くらいですかね、以前いた吉永さんも懇意にしていたと思いますがね」

「以前お会いした綺麗な方ですね」

「このホテルに長い間働かれていたのでしょう？」

「十年以上だと思いますよ、良い勤め先が見つかったと話していました、息子さんも大きく成ったから楽には成ったと思いますが、能登ののんびりした生活に飽きたのかしら」

暇な亀井は事件に興味を持っていたが、二人が話さなくなって、部屋を出て行った。

後籐の実家を聞いたが、水産会社では判らなかった。

「仮説だが、この旅館で殺されて、悠木が運ばれていたら、二人は生き証人だ、始末されるか？」

「その可能性は有りますね」

「一応、地元の警察に後籐の実家を探して貰おう」


七時に成って伊藤刑事が、株式会社ＫＡＮＯＵの事を連絡してきた。

前進は加納不動産で能登の町を基盤に、金沢から北陸に範囲を広げて、列島改造計画で一躍大きな会社に成った。

初代社長は現社長の父親の加納敏一で、今の社長とは雲泥の差で、遊び好きで有名だった。

法律ギリギリの商売も沢山していた様で、地元での評判は良くないのでは？

地元で儲けて東京に進出、数年後二代目の敏夫社長に代わって、真面目な経営に変わって現在に至っているとの報告だった。

第二十九話　過去の怨念

翌日、二人はホテルから能登に向かった。

一応此処まで来たので、能登工芸社に立ち寄る事にした二人だ。

片瀬達が荷物の出荷を忙しそうにしていた。

「お忙しそうですね」と佐山が言う。

「はい、関西で大口のイベントが有りまして、その準備です」男性が答える。

「ああ、刑事さん、まだ何か捜査ですか？」片瀬美代子が尋ねた。

「いいえ、近くに来たので」

「もう事件は解決したのでは？」と美代子が尋ねる。

「意外な事実が見つかって、真犯人が別に居ると捜査に来ました」と一平が答える。

「ご苦労様です」と会釈をした。

「別件なのですが、加納不動産ってご存じですか？」

「知っていますよ、地元では有名な会社ですから」

「どの様に？　大きな会社で？」

「違いますよ、昔北陸でお金持ちが沢山騙されて、二束三文の土地に沢山お金を投資させられて、自殺者も出たから、もう随分前ですが北陸特に石川では有名ですよ」と半ば怒った様に言う片瀬「上場会社に成っている事はご存じですか？」と一平が言う。

「えー！　そんなに大きく成っているのですか？」と驚き顔に成った。

「加納不動産の能登で商売をされていた頃の事を聞くのは、何処が良いでしょう？」

「誰でも知っていますよ、悪い事は！」と恐い顔に成る。

聞き込みで、意外な反響に驚く二人は、能登の町でも同じ様な話しを沢山聞いて、今の会社との格差を感じて、帰ろうとして最後に入ったお店で「中には大店の呉服屋さんも、騙されて廃業されましたよ、昔は金沢の殿様にも納入されていた名門の呉服屋さんでした」と話した。

「有名だったのですね」

「確か桂木さんとおっしゃった、お店は能登屋と云うお名前でしたね」とお婆さんが昔話をした。

帰りの飛行機の中で「加納不動産は全く良い噂が無かったですね」と一平が言う。

「今の会社とは別会社の様だな」と佐山が微笑む。

二人は株式会社ＫＡＮＯＵの違う姿を見てしまった。

だが今回の事件との関連は全く感じない。

一平が自宅に戻ると美優が「何か判った？」と笑顔で出迎えた。

一平は加納不動産の過去の話を美優に聞かせると「何か、臭うわね」と言うと、娘の美加が「パパ、オナラしたの？　嫌ね！」と逃げる。

美優と一平が大笑いをする。

その夜、久々に愛犬のイチも一緒に奇妙な泣き声を上げた。

「一度、古参の社員にでも、その辺りの事を聞けたら良いのにね」と美優が言う。

「美優は加納の家に拘るね」

「はい！　臭いますから」と笑った。


翌朝思い出した様に美優が「彩乃さん、何か知っているかも？」

「そんな、古い話は知らないと思うよ」

「ダメ元で良いじゃない」

「美優が聞きなよ」

「仕方無い、聞くかな」

美優はその数時間後に彩乃の釧路の自宅に電話をしたが、仕事で出掛けて留守だった。

捜査会議で織部課長が「今回の出張で新しく判った事実を、説明してくれ」と言われて、佐山がボードに書き始める。

①　下条香織に若い男性の恋人が居た。
若い男性の存在が確認されたが、顔を見た人はいない。

②　悠木俊昭は下条香織の元彼で、亡くなる前は邪険にされていた。
新しい恋人の出現で疎遠に成っていた。

③　悠木の殺害が何故？　能登の七尾近辺なのか？
犯行現場の確定は難しいが、怪しいホテルの桟橋、
行方不明の船長田所と、助手の後籐純と言う若者の行方が判らない。

④　彩乃を脅迫してお金を引き出したのも能登だ。

⑤　その人物が誰なのか？　香織と関係が有るのか？
地元の県警に捜索を依頼中

＊　少なくとも、悠木の殺害は能登が確定で、一番怪しいのはこの能登養殖水産の船だと思う。

＊　余談だが、加納彩乃の嫁ぎ先、株式会社ＫＡＮＯＵも、前進の会社は能登の加納不動産で当時の社長加納敏一は大変に評判が悪く、今でも地元では良い事は聞かなかった。

ただ、この加納不動産が今回の事件と関連が有るのか？　不明です。

会議の最中石川県警から、後籐純は実家に戻っていない、行方不明が判明した。

「益々、怪しいですね」と一平が言うと「私は、悠木の殺害は九十九湾ホテルの中、もしくは近くで殺害されたと思います」と佐山が言い切った。

「悠木の殺害の日の下条香織は？」織部課長が聞く。

「東京の警察の調べでは、病院は休みで何処に行ったか不明です」伊藤が資料を見て言った。

「悠木が九十九湾ホテルに行った事実が有れば確定だ」

「香織は、悠木の死体が発見された日は前日から夜勤をしています」伊藤が勤務表のコピーを見て言う。

「悠木を殺して、船を見届けてから東京には戻れません」

「これは、仮説ですが、香織が悠木を九十九湾ホテルに誘って、悠木を殺害、協力者が水槽タンクに入れて運んだ、これなら夜には帰れます」

「九十九湾ホテルに宿泊は二名とも記録に有りません」一平が事実を話すと、会議は静かに成った。

「協力者は、その田所と後籐か？」織部が尋ねると「田所は悠木の事件の後、直ぐに消えていますが、後籐は先月まで働いていました」

「でも二人が行方不明は気に成るな」

捜査会議は悠木が殺害された日に能登に行ったか？　それを調べる事にする。


数日後、吉永富子は吉田富子と名乗って、加納の自宅に住み込みの家政婦としてやって来た。

いきなり、着物姿で綺麗に髪をセットして、直ぐにでも銀座のクラブに出られる様な姿、一目見るなり、敏夫は富子を気に入ってしまう。

物腰の柔らかさ、言葉使い、長年の客商売が富子の武器に成っている。

殆ど遊ばない敏夫を手なずけるのは、時間の問題だと思う富子。

妻圓にも丁寧で柔らかい話し方をするので、気に入って貰えるのも早そうだ。

山根は子育て、買い物、洗濯、掃除の担当になって、料理と雑用、子守の一部が富子の担当になった。

「パパ、私が紹介の吉田さんって、綺麗で優しくて最高でしょう？」と梢が自慢をする。

「そうだな、梢にこの様な知り合いが居たとは思わなかったよ」と微笑む。

「お兄さんのお嫁さんも綺麗だったけれど、吉田さんの綺麗と違うでしょう？」

「梢、あれは整形をしていたからだ、吉田さんは元から綺麗のだよ」と敏夫は褒める。

梢も今点数を稼いで、近いうちに明夫との結婚の承諾を貰わなければと、計画していた。

富子はこの敏夫を骨抜きにしなくては、自分の計画が達成されないと考えている。

長男は結婚の失敗で、自信喪失、仕事も身が入らない状態、弟俊樹はおぼっちゃまで、梢はもう明夫の手の中に有る。

彩乃がホテルに訪れた話が、この様な展開に成るとは富子も信じられなかった。

彩乃の結婚相手が加納不動産の長男だった事実は、富子親子を大きく変貌させていた。

第三十話　復讐の鬼

「飛行機の搭乗者名簿に悠木が有りました、香織は有りません」と捜査本部に伊藤の声が響く。

「隣の席は女性か?」

「はい、安藤真結三十歳に成っています」

「それが、香織の可能性が高い、住所を調べろ」

能登空港に早い時間に到着の便だった。

この時間から考えれば、九十九湾ホテルに二時から三時に到着すると思われた。

しばらくして「偽名ですね、安藤真結は存在していません」と伊藤が報告した。

だがこの二人が九十九湾ホテルに宿泊の事実は無い。

何処か別の場所で殺害して運んだ可能性は？

捜査本部は悠木を香織が殺害したのは確定だ。

遺書もそれらしき事が書いて有る。


数日で加納の家に馴染む富子は、圓の腰を治すために、温泉治療を勧めた。

わざわざ旅館の予約までして、看護師の坂上と二人分の用意をしたのだ。

感激する圓、まさかこの女に突き落とされたとは考えもしない圓だった。

富子は一週間そこそこで、完全に加納家の一員として認められる存在に成っていた。

勿論敏夫が気に入った事が一番だった。

明夫は加納の自宅にはその後は行かない。

親子が暴露されたら困るのと、どうしても顔を合わせると、油断が起こる危険を危惧していた。

美優は彩乃に電話で聞く事をすっかり忘れていた。

急に思い出して、加納家の事を尋ねると「敏也さんが、昔話していました、それが原因で私は本当の事を隠してしまったのです」と話し出した。

話しによると、加納家は真面目な家族になった原因は、過去の祖父の影響が大きい父敏夫は自分の父の遊び、お金儲けの方法に疑問を持っていた。

自分の母親が、会社が大きく成るのと同じ様に悲しみが深まったと話して、自分が社長に成った時には、真面目な経営を目指そうと戒めて、社名も加納不動産から株式会社KONOUに変更したと、その影響は子供達の教育にも現れて、敏也は僕が一番嫌いな女性は、お金の為に身体を売る女性だと、彩乃に話したと伝えた。

美優はこの様な事を告げられたら、隠そうと必死に成る彩乃の気持ちが判る気がした。

それに付け込んで香織が、強請ろうと計画を立てた？

しかしそれだけで？　三人も殺す？　青酸化合物の入手も変だ。

美優は自分成りに色々と考えて、机の上の紙は人の名前と？のマークで一杯に成っていた。

彩乃は美優から聞かれた加納家の過去の話に、事件に加納の家が関係有るの？との疑問が湧いてきた。

あの若者と加納敏也の妹梢はどの様な関係なの？

九十九湾ホテルの仲居さんとの関係は？　だがもう私には関係の無い事だわ、と考えるのは辞めようと加納の事を忘れようとした。


悠木と香織が同じ飛行機で能登に行った事を確定して、静岡県警は香織の帰りも同じく飛行機を利用していないかを調べるが、能登空港から戻った形跡は無かった。

「レンタカーの利用は？」

「石川県警に確かめましたが、利用していません」

「九十九湾ホテルでの殺害なら、夜に成らないと空の水槽タンクは、船着き場には置かないそうです」

「香織は、深夜には病院に居るのは同僚が確認しています」

「朝十一時に能登に到着して、深夜に病院に戻るには、十七時には能登空港から乗らなければ帰れません」

「電車と車は論外です」

「当時は新幹線が無いから、無理だな」

「九十九湾ホテルでの殺害の線は薄いな」捜査会議で再びボードに書いた。

①　十一時に能登空港に着いた悠木と香織は確定。
②　深夜一時には香織がＫＴＴ病院で仕事をしていた。
③　翌日の夜には熱海の旅館で悠木の死体発見
④　レンタカーの利用は香織がしていない。
⑤　九十九湾ホテルでの殺害には時間的に無理がある。
「無理は有るが、九十九湾ホテルの可能性が、私は高いと思う」と話す佐山だ。

東京に夜帰る方法は、飛行機以外考えられないとの見解は一致していた。


夜、一平が美優に「どの様に東京に帰ったのだろう?」と尋ねる。

「一平ちゃんも、九十九湾ホテルが殺害現場だと思っているの?」

「現場を見たのと、運行記録を見た結果、可能性が高いと思うよ」

「それじゃあ、誰か仲間がいるのは間違い無いわね」

「そうだな、田所船長が怪しい、助手の後籐も居ないので、もしかして二人が協力して悠木を殺害したのかも?」

「二人の殺害なら、九十九湾ホテルは確定だけれど、他の二人の殺害には全く関係無いでしょう?」

「そうだな」

「香織さんの殺害に協力して得る物が有るの？　手伝ったとしても中心人物では無いわね」

その後もパソコンを操作する美優だった。

翌朝「一平ちゃん、九十九のホテルから小松空港に向かって、最終に乗れば十一時には病院に戻れるわ」

「えー、本当なの？　誰かが送れば小松空港に行けるのか！」

「ホテルから三時間程で空港に行けるわ、二十時発だから十七時前に出れば」と話すと「判った、小松空港調べて見るよ」一平は喜びながら県警に向かった。

加納の家では明日から三泊四日で、圓と看護師坂上が鬼怒川温泉に出掛ける予定だ。

梢は明夫に誘われて、外泊の予定に成っている。

明日の夕食にはたっぷり睡眠薬が入れられる。

敏也と俊樹そして山根は眠らせる計画の富子なのだ。

六十二歳の敏夫を誘惑する段取りは完璧に整っていた。

この様な状況に成るとは、今でも信じられない富子なのだ。

この様な形で仇が討てる状況が来るとは予想もしていなかった。

自分の結婚も貧乏が原因で許して貰えなかった。

父茂木淳之介が加納不動産の話しに騙されて、広大な荒れ地を買わされたのだ。

加納の騙しの手口は、新幹線の駅が出来て、発展間違いないとの話しを作って、荒れ地の購入に莫大なお金を騙し獲られて、破産に追い込まれた。

母久代は富子を連れて実家に逃げ帰った。

実家の吉永順次は染め物屋で、染め物と呉服の関係で娘久代が茂木の家に嫁いだのだ。

嫁ぎ先の茂木の没落に連鎖で吉永の家も没落して、貧乏に成った吉永の家、父順次は心労で死亡、兄順吉も病で後を追うように亡くなってしまったのだ。

子供の時から富子は母久代から、耳に蛸が出来るほど聞かされていた。

名門の両家の没落は加納敏一に騙されたのが原因だと、その加納の息子が今では上場会社として隆盛を極めている。

まさか、復讐の機会が訪れるとは思ってもいなかった。

富子はもう武者震いの快感に酔っていた。

第三十一話　固める牙城

あの日、下条香織の話しを聞かなかったら、富子の計画は実行されなかっただろう。

「株式会社ＫＡＮＯＵの長男と結婚が決まっているのですよ」

「大きな会社なの？」

「そうですよ、昔は加納不動産と云う会社が、今風にＫＡＮＯＵに成ったのですよ、そこの長男の嫁ですよ、信じられないわ」と怒った様に言う香織に「今、何と？　加納不動産って言いました？」と聞き直す。

「はい、私も調べましたのよ、どれ位の規模の会社か、昔は北陸の不動産屋だったのに、今では上場企業ですよ」

「そうなの、加納不動産なの……」と富子は呟いていた。

小銭を強請ろうと話しを持ちかけて、仲間に引き込んで、明夫のイケメンで虜にして、思い通りに行動させて、計画達成の為に二人を殺害、予定に無かったのは悠木の殺害、警察が嗅ぎつけたと明夫の言葉に、先走って殺害をしてしまった。

だが、今加納の家に入り込んだので、お金を根こそぎ頂いて、乗っ取る段取りをしていた。

「栄光なんて、幻よ、もうすぐ総てを失うわ！　私が奪ってやる」と高笑いをする富子だった。

石川県警の調べで下条香織が同じ偽名で、小松空港から羽田に最終で飛んだ事実を伝えてきた。

捜査本部は仮説が正しかった事実に涌いたが、誰かが空港まで何処から送ったのか？

能登空港に在る監視カメラの映像解析を、再び依頼する静岡県警。

空港のゲートから出て来る二人を出迎えに来ている人が、必ず居るだろうとの推測、そしてお金を引き出した人間も、能登空港のキャッシュコーナーを使っているので、何処かに形跡が残っていると考えていた。


翌日に成って、予定通り明夫は梢を誘い、圓は看護師と温泉に向かった。

真面目な子供二人は、仕事が終わると七時には自宅に帰って来た。

部署は違うが三人は同じビルの中で働いているので、出張でもなければ、殆ど夜には自宅で食事をしている。

富子は喜びそうな料理を作って振る舞うと、睡眠薬をたっぷり入れた食事を食べる三人。

敏夫には、勃起薬をすり潰して飲ませる。

食事が終わると次々と自分の部屋に向かう敏也と俊樹、お手伝いの山根も大きな欠伸を始めた。

「旦那様、お風呂に入られますか?」と富子が言うと、山根が「少し疲れたみたいだわ、片付けお願いね」と自分の部屋に行ってしまう。

「料理は私の担当ですから、また明日早く頑張って下さい、子供さんは大丈夫?」

「先程眠ったから、大丈夫よ」

子供純也と一緒に眠る山根だから、部屋に行くと多分眠ってしまうだろうと富子は計算をしていた。


敏夫が風呂に行ってしばらくして「お背中流しましょうか?」と声を掛ける富子。

「えー、吉田さんにその様な事をしてもらっては?」と遠慮する敏夫の浴室に、艶めかしい長襦袢を膝まで捲りあげた姿で富子が入って来た。

「吉田さん」と驚く敏夫に「今夜は何方も、お休みに成られました」

普段から好意を持っていた敏夫は薬の影響も手伝って、富子の誘惑に完全に負けてしまった。

元来遊ばない敏夫が一度遊びを覚えると、遊びで無くなる事は富子が充分に見抜いていた。

敏夫の寝室で一夜を過ごす、久々の女性とのSEXに自信を持つ敏夫、薬の効果だとは全く思っていない。

妻圓とは全く行為の無かった敏夫が目覚めてしまった。

翌日も薬を混入する富子、敏夫は富子のテクニックに、すっかり虜に成ったのは間違い無かった。

腰の悪く成った妻圓よりも二十歳近く若い富子の肉体に、この三日間で填まってしまった。

旅行から戻った妻の圓を遠ざける為に、次の計画を実行に移す富子。

リハビリの為に近所の公園の廻りを杖付いて散歩する圓を、明夫と時間を計って、看護師の坂上に電話をして、気を取られている時に、圓を車での引っかける作戦だ。

急接近で来る車を避ける圓、杖が飛んで、身体は大きくよろけて転んだ。

「あっ、奥様！」

「どうしたの？」

「奥様が……」で坂上との電話が切れた。

上手く出来た様だと微笑む富子、圓は路肩に転がって、立ち上がれない坂上は救急車を呼んだ。

自宅に連絡が届いたのは直ぐだった。

山根と富子は駆けつけるのと、救急車が来るのと同じだ。

担架で運ばれる圓は苦痛で悲愴な顔をしていた。

車に跳ねられた訳では無い、自分で転んだと看護師の坂上が証言した。

乱暴な運転で、跳ねられそうには成りましたが、車は走り去りました。

奥様が驚いて転んでしまいましたと話した。

中々上手に運転したわねと、明夫の運転を心で褒めて居た富子だった。

会社に直ぐに連絡がされて、骨折の箇所の近くが再び折れて、今回は長引くと医師が告げたと報告された。

敏夫は病院に行くと、今度はゆっくり治して完治してから、退院をしなさいと慰めの言葉を言ったが、内心は富子との不倫が楽に成ったと喜んでいた。


数日後の日曜日、明夫が加納の家に乗り込んで来た。

梢が父敏夫に明夫の事を話して、一度会う事に成った。

イケメンの明夫に、違和感の父敏夫は明夫の帰宅後反対の意思を示して、梢を困らせる。

お腹の中に既に明夫の子供が居るのに、反対されて沈む梢だが妊娠を打ち明けようか？　悩む梢だった。

　だが、富子は直ぐに敏夫に承諾をさせる妙案を考えついた。

　真夜中、寝室に忍び込む富子が「梢さんに感づかれたかも知れません、私達はもう終わりですわ」と言うと「何があったのだ？」と驚く敏夫。

「夕方、梢さんが社長さんと私の関係を知っている様な口振りでした」

「何、梢に感づかれたのか？」

「女は勘が鋭いですから、可能性は有りますわ、もう辞めましょう！　こんな事」

と部屋を出て行こうとする富子を、ベッドに引っ張り込む敏夫。

もう我慢が出来ない状態に成っている。

「結婚を許す条件で交渉しましょうか？」

「それは…」と口籠もる敏夫。

「じゃあ、帰ります、お手伝いも辞めます」とベッドを出ようとする富子。

「仕方が無い、許そう妻に判らない様に交渉をしてくれよ」

「はい、社長様」

そう言うと敏夫の唇にキスを始める富子、腹の中で高笑いをしていた。

　翌日、交渉は終わりましたから、社長様から何も言わないで結婚を許すと梢さんに伝えて下さいと教えた富子だった。

夜、敏夫は梢に結婚の許可を出したので大喜びの梢だ。

この事件の後、直ぐに俊樹を大阪支店に実戦経験と将来の勉強の為だと言って、営業課長で飛ばしてしまった。

これも、富子の差し金だが、次は住み込みの山根の追い出しを考える富子は、着々と自分の計画を進めるのだ。

第三十二話　意外な綻び

病院の付き添いで坂上は圓と一緒に過ごす毎日、自宅の事は殆ど情報が入らない状態に変わっていた。

新しい家政婦を採用して、山根は何も判らずに首にされてしまった。

須永知子という、五十代後半の家政婦が入って、富子の指示で働かされる状態に変わっていた。

長男の敏也もアメリカに長期出張をさせて、家から遠ざける事に成功する富子だ。

「敏也さんは元気が無いので、一度海外で修行をさせては？」

「子供が誰も居なくなるな！」

「社長と私が自由に暮らせますわ、遠慮しなくて良いですから」

「そうだな、妻が戻るまでの間、そうするか」と喜ぶ敏夫。

「はい、三カ月の間、私は安心して社長さんと過ごせますわ」

そう言われて、三カ月を目処に敏也もアメリカに出張させた。

明夫はその長男の入れ替わりに加納の家に入り込んで、親子が暮らし始めてしまった。

梢は、父親と富子の関係には気にもとめないで、明夫と毎日暮らせる喜びに慕っていた。

「パパ、明夫さんとの子供が出来たのよ」

「そうなのか、結婚式迄に大きなお腹か？」

「式はいつでも良いわ」

孫の純也と六人の生活に成って、今までと全く異なる加納家に変わっていた。


空港ゲート近くの監視カメラの画像から、一人の男性が見つかったと石川県警から連絡が有って、佐山と一平が急行した。

二人が知っている男性を期待して向かったが、若い男性で身元が不明、写真に焼き付けて、取り敢えず再び能登に来たので、何箇所か調べて見る事にする二人。

県警の刑事の運転で能登工芸を訪れる。

片瀬美代子に写真を見せたが、知らないと言われる。

そのまま、九十九湾ホテルに行くと、支配人は知らないと言う。

悠木が殺害されたとする日の事を尋ねると公休で、ベテランの仲居にフロントは任せていたので、その日の事は判らないと答えた。

「何方が？」

「その仲居は、以前会われたでしょう、もう退職しましたが、吉永と云う者ですよ」

「その方は、今はどちらに？」

「判りません、昔はホテルの寮に住んでいましたが、退職と同時に出て行きました」

亀井を呼んで貰って写真を見せると「見た事有るけれど、何処で会ったか？　覚えていませんね」の返事だ。

二人が今度は能登養殖水産を訪れた。

加山課長に写真を見せると「ああ、これは後籐君ですよ」

「えー、後籐さんですか？」

「彼、事件に関係が有ったのですか？」と驚く。

「水槽タンク殺人事件の悠木さんを、当日彼が空港に出迎えに行っていましたね」

「えー、それじゃあ彼が犯人ですか？」

「判りませんが、可能性は高く成りました」

大きな事件の進展に成って帰って行ったが、石川県警がマスコミに発表をしてしまった。

重要参考人として、世間に知れ渡ってしまった。


その様な中、今度は漁船の網に腐乱死体が引っかかったのだ。

能登半島の入り江で男性の死体、解剖の結果五十代から六十代の男性と判明した。

この事件も大きく報道されて、富子親子はこの二つの事件を知ってしまった。

「お袋、大丈夫だよ、後籐が見つからなければ、警察は同じ場所を廻っているよ」

「見つからないわよね」

「後籐に任せたのは失敗だったな」加納の家の片隅で話す二人だ。


北海道の彩乃の耳にも事件の事は聞こえていた。

悠木さんは香織さんとこの若者に殺されたのか？　でも誰だろう？

彩乃にはあの公園の側で有った梢と、仲良く歩いていた男性を連想していた。

翌日気に成った彩乃が、美優に電話で「テレビで出ていた、男性私の知っている人かも知れませんので、画像見せて貰えませんか？」

「えー、彩乃さん知っている人なの？　判りませんがもし私が思っている人なら、大変な事かも知れませんので」と気に懸かる彩乃だ。

美優は一平から画像を貰って直ぐに送ると「違いました、安心しました」と安堵の声を吐いた。

翌日、一平と伊藤はＫＴＴ病院に写真を持参して看護師に見せたが、見た事もないと全員が答えた。

夕方、海からあがった遺体の身元が判明した。

田所譲船長だとＤＮＡ鑑定で判明したので、石川県警が能登養殖水産を家宅捜査に入った。

石川県警は悠木さんの殺人を田所、後籐、下条香織の三人で行ったと断定した。

後籐が香織の若い彼氏だと決め付けた。

静岡県警は病院での後籐の写真に反応が無かったのと、小泉真矢の証言のイケメン男性では無かったので別人だと考えた。

事件は、後籐の捜索に全力をあげたが全く見つからない。

石川県警が新たな画像を公開したのは数日後だった。

高速を走る後籐の車、その中に香織が乗っていたのだ。

事件当日、高速を小松空港に向かう二人の映像、帰りの画像も発見して、後籐が再び能登に戻ったのが確定した。

石川県警は、悠木と田所の殺害場所の特定を急いだ。

犯人と思われる後籐の足取りの捜査に全力を注いだ。

事件後一切自宅には戻った形跡が無く、水産会社を退職後の足取りが不明なのだ。


静岡県警は石川県警の説を裏付けるなら、熱海の香織の殺害にも後籐が関与していると、裏付け捜査を行ったが、後籐の存在は熱海では全く無かった。

後籐の車のＥＴＣ記録から、意外な事実が判ってきたのは、それからしばらくしてから、後籐の車が能登から東京に移動していた。

悠木が亡くなったと思われる翌日だった。

だが後籐はその日、水産会社に出勤していたのだ。

「誰だ？　後籐の車で移動した、人間がいる」

石川県警はもう一人の共犯者？　田所船長？

ＥＴＣの記録から高速の監視カメラの解析に成った。

不鮮明な画像が残っていて「男性だ！」

「年齢はよく判らない」サングラスに帽子姿、丁度写っている時に身体が動いているので、不鮮明だった。


富子にも危険が迫っていた。

辞めさせた家政婦の山根明子が、生まれた時から我が子の様に育てた純也恋しさに、加納の家の付近に舞い戻ってきたのだ。

解雇されたが、純也の事が忘れられなく成っていた。

自分の子供か孫の様に思えていた。

父親の敏也はアメリカで、産んだ母親彩乃は離婚させられて、明子は家族にも疎遠にされた純也の面倒を一人で見てきたから、愛情は一番強く、不憫な子供だと哀れんでいたからだ。

第三十三話　愛の囁きは罠

静岡県警では新しい事実の確認が行われていた。

ボードに書き出す佐山。
①新に、能登半島で水産会社の田所船長の水死体が、発見された。
重りが付けられていたが、切れてしまって漁網に引っかかった。

死亡推定の時期は悠木殺害の直ぐ後だと思われる。
②能登の空港に悠木と下条を出迎えたのは、同じく水産会社の職員後籐純、悠木殺害後に下条香織を小松空港まで送ったのも、この後籐だと判明した。
③だが、後籐はこの後直ぐに能登に戻っている。
その翌日、後籐の車は東京に向かっているが、運転の男性は後籐ではない。

田所船長か別の男性の可能性も有る。


「田所船長は東京に行く必要は無いのでは?」

「その通り、田所船長は東京に行く理由はない」

「香織の彼氏は、若くてイケメンでしょう、少なくとも後籐は若いだけでイケメンでは無いと思います」

「それでは、香織の彼氏が別に存在する、だがその彼が今回の事件に関連しているかは全く不明だ」刑事達がそれぞれに喋る。

「石川県警は、今回の犯行は下条香織と後籐純そして田所も犯行に荷担したが、何かの理由で殺したと決めている様だ」と佐山が言うと「銀行のATMの女と後籐の車を運転していた男性がいると思うのですが？」


仮説ではこの様に成る。
①　加納敏也と結婚の決まった田辺彩乃に、妬みを持った下条香織が彩乃の過去のデリヘル勤めを探し出して強請った。
②　情報を提供し、児玉愛子が邪魔に成って殺害、彩乃に付きまとう橋郁夫から、デリヘル嬢が加納に露見するのを恐れて殺害。
③　悠木は、この強請を知ってしまって殺された。
④　悠木を殺害するのに、田所船長を誘ったが仲間割れ？
⑤　不明はATMの女と後籐の車を運転して、東京に来た男がいる事だ。

「後籐の車を探そう、ＥＴＣの記録では、高速で能登に戻った形跡が無い、何故か水産会社にはバイク通勤をしている」

「東京に車は在った？」

「その後高速で使われた形跡が全く有りません」

「石川県警に後籐が会社を休んだ日を調べて貰え」

「佐山さんは、後籐が東京に来て、香織の殺害に手を貸したと？」

「その可能性は有る」

「自殺の可能性は少ない？」

「そうだ、彩乃からお金を強請るのが目的で人を殺すのが、不思議だったのだ」

佐山が言うと織部課長が「別の意図が有るど？」と尋ねる。

「はい、四人も殺すにはもっと別の何かが有ると思います」

「後籐の行動と過去を徹底的に調べろ！」

織部が意外な事件の展開に、興奮をしているのが刑事達に判った。

公園で様子を窺う山根明子、新しい家政婦に乳母車に乗せられた純也がやって来る。

堪らずに駆け寄る山根「貴女誰なの？」須永知子は急に飛び出して来た山根に、驚いて乳母車を押して逃げる。

呆然と見送る山根明子、後ろを振り返りながら、怯えた様子で逃げ帰ると、富子に経緯を話す知子の話に、勘の良い富子は計算外の事が起こったと思った。

明夫に直ぐさま連絡がされて、数日後、明夫が山根を呼び出したのは言うまでもない事だった。

想定外の出来事に驚いた富子だったが、冷静さを取り戻して次の行動に移る。

敏夫は富子の言う事を、殆ど承諾していた。

私は、何も要らない社長の女で嬉しいとベッドで言う富子に敏夫は感激をする。

遊んだ経験の少ない敏夫は、普通はお金を欲しがる女が多い筈なのに、何とこの女性は控えめで素晴らしいのだろうと、惚れ込んでいった。

富子の計画は妻圓の殺害、敏也、俊樹をその後始末する事だった。

圓は再びの手術の後の入院に、ショックは大きかった。

見舞いに梢が明夫を伴って病室を訪れる。

圓の耳にも梢の妊娠の話しは届いていて、初めて会った明夫を見て梢が惚れてしまった事を理解した。

一度面会をした明夫は、何度も病院を訪れる。

恐縮する圓を毎度の様に見舞いの花、食べ物と持参して圓は明夫に対しての印象を良くしていった。

病院でも明夫の存在はナースセンターで有名に成って、看護師の間で人気が高く成っていた。

明夫はめぼしい看護師を探していたのだ。

自分の計画の手伝いをさせる為に、後二カ月も無い、圓が出て退院前に始末をしなければ、母の計画が狂うからだ。

明夫は、男に縁が無さそうな女を探す。

その中の一人熊谷真紀子に目を付ける。

主任の役職の年増で、四十歳位の真紀子を呼び出して、いつも世話に成っているとお礼を言って菓子折りを渡す。

「みんなで、ご馳走に成ります」と嬉しそうに受け取ったが、中にはお金が入った封筒が添えられていた。

病室に居る明夫の処に来て小声で「困ります」と言うのを、別の場所でと静止して、メモ書きを渡す明夫。

近くの喫茶店の名前が書かれて、二時間後に成っている。

真紀子の上がりの時間を計算している明夫なのだ。

茶店に来た真紀子に、今度はこの喫茶店で「同僚に見られたら困りますよね、すみません」と謝ると直ぐにタクシーで移動する明夫、総て計算しての行動だ。

封筒には十万円が入っていて、返さないと困る真紀子は仕方無く付いて来る。

「ここなら、大丈夫でしょう」シティホテルの中のレストランに入る明夫。

「こんな、大金貰えません」と封筒を差し出す真紀子だが、ここまで連れて来れば明夫の手の内に入った小鳥の様なものだ。

口説き落とすのに時間は必要ない。

「お腹空いていませんか?」コーヒーの代わりにビールを飲ませば、真紀子が交代の後食事をする事も調べている。

明夫は横に座って、内緒話をする様に囁く「主任さんの様な、きっちりとした女性が僕は好きです」と仕事を褒め称える。

イケメンの男性に囁かれて、気持ちの悪い筈が無い。

真紀子は警戒を解除して、今度は明夫に良く思われようと努力を始める。

そのまま、部屋に連れ込んだら、明夫の勝ちに成る。

彼氏の居ない真紀子の気持ちを汲み取る明夫、完全に罠に填まった真紀子だった。

その日から、毎日の様にメール、電話で連絡をする明夫に溺れる真紀子なのだ。

第三十四話　母の気持ち

「かあさん、準備はいつでも完了だよ、指示をして」と明夫が言う。

「判ったわ、もう少し待って」富子は最後の仕上げに取りかかる。


ＫＴＴ病院に一通の手紙が届いていた。

宛名は田辺彩乃、住所も差出人の名前も無い、ＫＴＴ病院看護師田辺彩乃様に成っている。

数日間保管されていたのを、病院の管理から七階のナースセンターに届けられたのだ。

「こんなのどうする?」

「誰が出したか判らないわね」

「消印は東京よ、年寄りかしら」

「入院していた、年寄りが礼状を出したのね」

「でも、彩乃さんもうこの病院辞めて随分経過しているわよ」

そこに小泉真矢が戻ってきて「真矢、彩乃さんの北海道の住所知っている？」

「どうしたの？　知っているわよ」

「じゃあ、この手紙転送してあげて」

「誰から？」

「判らないから、気持ち悪いのよ」

「そうね、送っておくわ」真矢が大きな封筒に子細を書いて釧路に送った。

この手紙が二日後彩乃の自宅に郵便が届いた。

「小泉さんからだわ」封筒を開封すると、中に真矢が数日前に病院に届いて保管されていたものを、転送しましたと書かれていた。

不思議な差出人の無い手紙を開く、彩乃の顔色が見る見る変わる。

「お母さん、私東京に行って来る」

「どうしたの？」

「まだ判らないけれど、二、三日泊まってくるわ」

彩乃は、勤め先に連絡をして明日からの休みを告げると、釧路空港に急いだ。

今からなら最終便に間に合う彩乃は、信じられない出来事に驚きを隠せなかった。

だが彩乃は手紙の消印を見ていなかった。

もう半月前以上も以前の消印だったのだ。


静岡県警の依頼で後籐純の身元調査が行われて届けられた。

高校卒業の後仕事を数カ所変わって、能登養殖水産に入社していた。

高校は金沢の工業高校、実家は普通のサラリーマンの家庭で変わった処は無かった。

約三カ月前までは能登養殖水産で働いていた。

車は中古車を二年前に買っている。

これも殺人とは無関係、悠木の後で殺されたのは香織だが、後籐純の姿は調査の結果、旅館夕月では見た人は無かった。

夜、一平が捜査の行き詰まりを美優に話すと、聞いていた美優が「悠木が殺された日に、悠木と香織の宿泊が無かったのが偽装とは、考えられないの?」とポツリと言い出した。

「確か支配人が公休でベテランの仲居さんが、チェックをしたと話していたな、小綺麗な仲居さんだと聞いたよ」

「名前は？」

「確か吉永さんだったかな」

「その人も旅館を辞めているのでしょう」

「新しい就職先見つかったと聞いたけれど」

「そうなのね」

美優は捜査本部が、悠木の殺害現場が九十九湾ホテルと判断しているのなら、何か見落としていると先日から考えていたのだ。


その夜、加納の妻圓が亡くなった。

事故だ！　車椅子が階段から転落しての事故だった。

付き添いの坂上は熟睡をしていた。

トイレに行こうとしたのか？　何をしに行ったか不明だった。

大きな音で病院の職員が駆けつけたが、その時は階段の踊り場を過ぎて、下まで転落していた。

眠い目を擦りながら、看護師の坂上が呆然としていた。

睡眠薬を飲まされていたのだ。

勿論圓にも睡眠薬が飲まされていた。

坂上が「奥様は眠れないとおっしゃって、睡眠薬を飲まれます」と証言したので、死体の解剖で睡眠薬が検出されても不審感は全く無かった。

朝から、加納家は悲しみに包まれた。

敏夫は悲しみに暮れるが圓の死によって、富子の存在が大きく成っていた。

葬儀を取り仕切る富子に信頼をする敏夫。

加納の自宅からお手伝いの須永と、孫の純也を除いた全員が葬儀場に行った。


その加納家に彩乃がやって来た。

「こんにちは」恐る恐るチャイムを鳴らす彩乃。

昨日は手紙の主を探したが見つからないので、仕方無くやって来たのだ。

玄関に出て来た須永は「どちら様ですか?」と彩乃を見て訪ねる。

「以前このお宅で働いていた山根さんに教えて頂き、やって来た田辺彩乃と申します」

「何の用事でしょう?」

「息子を頂に参りました」と彩乃が言うと「何を言っているの?　息子って?」

「純也です、私の子供です、この家で疎外されて可哀想だと手紙を頂いて、北海道からやって来ました」と悲痛な顔で言う。

「えー、私では判断出来ません、御主人様か吉田さんに聞きます」

「吉田さんって?」

「ここを任されている家政婦さんですが、御主人の信頼も大変厚い方です、お待ち下さい」須永は電話で確かめると「駄目です、もう会わない約束でしょうと言われています」

「一目だけでも、会わせて下さい、北海道から来たのです、お願いします」

と一生懸命に頼む彩乃に須永は同情して「今、眠っていますから、見るだけなら」

「有難うございます」

彩乃は涙目で家に上がらせて貰って、純也の部屋に向かうと、我が子の寝顔を見る彩乃はその場に泣き崩れていた。

自分の過ちとは云え、山根の手紙には加納の家で、純也ちゃんを可愛がる人は誰も居ません、私も追い出されてしまいました。

今後純也ちゃんがどの様に成るのか心配です。

梢さんにも彼氏が出来て、近い内に子供が生まれます。

そうなれば益々疎外されると思います。

子供は母親の手で育てるのが一番良いと思いますので連絡致しました。

手紙にはその様な事が書かれていた。

彩乃は一目散に東京に来て、昨日は手紙に書かれた住所を探して、山根を探したが見つからなかったので、今日は決意して乗り込んで来たのだ。

「お気の毒ですが、取り敢えず私が責任を持って面倒を見ますから、今日はお引き取りをお願いします」と須永が言う。

ようやく、気分が落ち着いた彩乃は泣きながら、加納家を後にしたが、北海道に帰れる気分では無かった。

急に、何故誰も居なかったの?と思い出して戻って「あの?」

「まだ、何か?」

「家の皆様は?」

「知らないの?　奥様が事故で亡くなられたのよ」

「えー、事故」驚く彩乃。

「そうよ、車椅子で転落死よ、それも病院でよ!　信じられないわ」

「そんな事が」と驚く彩乃。

「だから、落ち着いてからまた、話し合えば、貴女の元の旦那さんもアメリカから、明日帰られるから」

「アメリカですか?」それを聞いて益々山根の話が本当だと確信した彩乃だ。

帰り道公園の側で、あの若者と梢の姿を思い出した。

「吉田?」

「あっ」

彩乃はあの飛行機の中の二人の姿を思い出して、美優に今夜会いたいと電話をしていた。

第三十五話　事件の解明

東京から静岡迄の時間彩乃は、あの二人の顔を思い出そうと必死だった。

冷静に考えて見れば、若く見える吉永と云う仲居と、あの若者の顔が何処か似ている気が徐々に強く成っていた。

静岡駅前のホテルのレストランで待ち合わせる二人。

東京の葬儀場では通夜の準備が行われていたが、富子は自宅の様子が気懸かりで、須永に尋ねる。

須永は富子に言われた様に追い返したと返事をしたが、それでも胸騒ぎを抑えられない富子なのだ。

明日は葬儀の為自由が無い、彩乃が戻って来るとまた問題が増える。

富子は敏夫を自由に操れる下地が出来たと喜んだのも、つかの間かと心配の種に困惑していた。


レストランで待つ美優は何かが判った予感がして、そわそわしていた。

「こんにちは、わざわざすみません」と会釈をして、腰掛けると「北海道からまた、いらっしゃったのですね」

「これを、ご覧下さい」と山根の手紙を差し出した。

読み始める美優「これは！」と驚き顔に成った。

「そうなのです、子供が加納の家で疎外されていると書かれていて、もう取り急ぎやって来ました」

「それで、子供さんは？」

「一応、会えましたが、葬儀の為に話が出来ませんでした、しばらく東京に居て、話しをする予定です」

「葬儀？　何方が亡くなられたのですか？」と尋ねる。

「奥様が事故で亡くなられたと聞きました」

「奥様の事故？」不思議そうな顔に成る美優に「実は、美優さんにお話が有るのは、確かでは無いのですが、少し前に九十九湾ホテルの帰りの飛行機で、ホテルの仲居さんと若者に会ったのです、不思議な事に吉永と云う仲居さんが、飛行機の中で履歴書を確認していたのです、その名前が吉永ではなくて、吉田に成っていたのです」

「不思議ですね」

「それが、この前加納の家に言った時、この青年が娘さんの梢さんと仲良く家から出て来たのです」

「どう云う事？」と興味を持った美優。

「そして、今日自宅に行くと、須永さんって新しい家政婦さんが、私の来た事を相談していたのが吉田と云う人なのです」

「えー、同一人物？」と声が大きく成った。

「顔は見ていませんので、判らないのですが、それからその手紙をくれた解雇された山根さんの住所には、山根さんはこの数日帰られた形跡が無いのです」

「待って、加納家の家政婦が変わって、吉田さんが取り仕切って、新しい家政婦さんが来ている」美優は考えながら、消印の日時を見ている。

「これは、半月以上前の手紙」

「住所がKTT病院だったので、山根さん私の住所知らなかったので、転送されたのです」

美優は直ぐに電話で一平に山根の住所を伝えて、調べてくれる様に依頼、同時に加納家の奥さんの死因も調べる様に頼んだ。

「彩乃さん、大変な事件に巻き込まれているかも、知れませんわ」

「えー、どう云う事ですか？」と驚く彩乃。

「連続殺人事件です」美優はそれより詳しくは話さなかった。

加納の家には、警察の指示が有るまで行かない様にと話して別れる美優。

頭の中にパズルが出来て、ようやく解けそうな気分に成っていた。

美優は直ぐに、一平に九十九湾ホテルに問い合わせをして、吉永富子の身元を調べて貰える様に頼んだ。

自宅に帰ると一平が電話で「吉永さんの事が少し判った、ホテルの履歴書からだけど」

「男の子が一人居るでしょう、二十歳過ぎの」

「おお、何故判るの？」

「やはりね、直ぐに能登に飛んで実家を調べて、彼女の親戚とか両親とかを徹底的に調べて、急いで、次の殺人が起こる前に」と急かせる。

「えーー！　何が判ったの？」と驚きの声。

「後で説明するけれど、兎に角確証がないと、私も自信がないのよ、お願い」

「判った、課長に頼んでみるよ」

その後、しばらくして、一平と伊藤が能登に向かった。


佐山が電話で「美優さん、何か掴んだな」と話した。

「佐山さん、何か判りましたね」

「加納圓の事故死は疑問が有る様だ」

「予想通りだわ、彩乃さんが大きなヒントを、持って来てくれたので、一気にパズルが解けそうです、後は一平ちゃんの調査の結果次第です」

「能登の殺人が九十九湾ホテルの可能性が高く成った？」

「はい」佐山も美優の考えが判り始めていた。


翌日、盛大な葬儀の最中も不安が大きな富子、早く敏夫達を葬らなければ、自分達の思いが達成出来ないと焦りが出ていた。

東京の警察が山根の調査をしたら、もう二週間以上自宅のアパートには戻って居ない事が判明した。

圓の死体の解剖結果も大量の睡眠薬が検出されていて、何者かが車椅子を階段から落としたのでは？の疑問が出ていた。

葬儀の後、付き添いの看護師坂上に、当時の様子を聞く為に刑事が待機をしていた。

病院ではその日の当直の看護師に、警察が取り調べを始めていた。

真紀子は不安で、明夫に連絡をするが、葬儀中で連絡が出来ない状況だ。


午後に成って美優に一平が「吉永富子、明夫親子は能登でも名家の生まれだったよ」

「予想が当たったわ、その明夫と後籐純は何処かで繋がって無いか調べてみて」

「詳しくは帰ってから、話すが気の俗な家庭だよ、明夫の父親は桂木静夫ってメッキ工芸の会社の長男だったが自殺している」

「青酸も手に入るわね」

「この、二人が本星か？」

「多分ね」

美優は県警に自分の推理を話す為に向かったが、気分は良くない事件だった。

葬儀が終わる頃、美優は県警に、東京の警察が坂上に事件を聞く為に近づいた。

明夫は携帯に真紀子からの再三の電話に、ようやく自分から電話をした。

今度は真紀子が取り調べ中で電話に出られない状況に成っていた。

復讐の歯車が少し狂い始めていた。

葬儀で疲れた様子の敏夫達と、子供達が火葬場に向かうと、富子は急いで自宅に戻る。

須永に昨日の話を尋ねて、彩乃が近い日に再び来る事を聞き対策を考える。

明夫は火葬場に行ったが、真紀子の事が気に成る。

警察の取り調べを辛うじて、逃げ切る真紀子が再び電話を明夫にして、ようやく二人は話しをしたが、会いたいと懇願する真紀子、明夫は真紀子の始末を考えていた。

美優が県警に到着すると同時に一平が「明夫と後籐純は高校の同級生だった」と電話で伝えてきた。

美優はこれで事件の全貌が総て判って、繋がったと確信をしていた。

第三十六話　幻の栄光

織部課長、佐山刑事を筆頭に五〜六人の刑事が会議室に集まった。

「野平君の奥さんが、今回の事件を解き明かしたので、今から説明をして貰う」美優が一礼をして、ボードに書きながら話し始めた。
①　事件の発端、株式会社ＫＯＮＯＵの長男がＫＴＴ病院に入院をして、田辺彩乃と恋に落ちた事が始まりです。
②　株式会社ＫＯＮＯＵは上場会社で急成長の会社で、地元は北陸の輪島で加納不動産として、現社長の父敏一が大きく成長させた会社ですが、相当悪い事をして大きく成ったと思われます。
当時、列島改造のブームに便乗して、二束三文の土地を高値で売り、犯罪に近い商売で大きく成長しました。

敏一は遊びの面でも派手な男で、酒、女と派手さは群を抜いていた様です。

東京に出て来てから、しばらくして二代目敏夫に成ってから、敏夫は母親が敏一の行動を悲しみ見てきたから、真面目な経営に変身して、今日の会社に成った。
③　その為、子供達も遊びをしない真面目な性格に育って、特に自分の彼女とか奥さんが遊

んでいる人は極端に軽蔑していた。

④
急速に接近した田辺彩乃には東京の看護学校時代から、整形で綺麗に成りたい願望が有った。

しかし、費用が相当必要だった。

最初に勤めた病院に児玉愛子が先輩で居て、デリヘルで簡単に稼げると誘われて彩乃はデリヘル嬢に成って稼ぐと、そのお金で整形をして綺麗に成った。

⑤
この様にして、田辺彩乃は何度かの整形をして、美しく変身してゆく、その中で（品川メルヘン）と云う店で橘郁夫と云う男性と知り合う、妻が癌で亡くなり子供が嫁いで寂しい郁夫は彩乃と付き合う様に成る。

それは彩乃がデリヘルを辞めても続いた。

海外にも行く仲に成って、二人は楽しい日々を過ごしていたが、彩乃の前に加納敏也が現れて、急に郁夫の存在が邪魔に成った彩乃は郁夫を避ける。

⑥
急に疎遠にされた郁夫は病院を訪れて、彩乃の結婚話を聞くと、自分の寂しさを癒してくれた彩乃に、プレゼントを渡して別れようと試みる。

彩乃は郁夫を避けていたのを、同僚の下条香織に見つかってしまう。

香織は何か秘密が有るのではと探る。

⑦　丁度同時期に最初デリヘルのバイトを教えてくれた児玉愛子が、看護師の面接にKTT病院を訪れる。
⑧　香織は愛子から、彩乃の事を聞き出して、強請の材料にする事を考え始めた。
彩乃はピンチに成って、郁夫に会って自分の事を黙っていて貰おうと、能登の九十九湾ホテルに郁夫の自宅を探す為に行って、このホテルの仲居の吉永富子に会った。

私はこのホテルに、香織も来て吉永と接触が有ったと思います。
⑨　この時、吉永は彩乃の結婚相手が、加納不動産の長男だと知ったと思われます。
⑩　吉永富子の家は北陸でも名家だが、加納不動産に騙されて破産に追い込まれています。
⑪　富子も恋愛をして、明夫と云う子供を産んでいますが、父親は死んで居ません、自殺です、この父親が金沢のメッキ工芸会社の長男です。
もう、お判りでしょう、青酸化合物の入手先と思われます。
⑫　今回の事件は吉永親子が、過去の復讐の為に行った犯行です。
「主人が先程、後籐純と吉永明夫が高校の同級生だったと、連絡してきました」

「おお、確定だな」と織部課長が手を叩く。

そして尋ねて「奥さんは、この後籐の行方は？」

「多分、殺されていると思います」

「東京の警察に依頼したのは、加納家に二人が入り込んでいるからだな」

「はい、二人を急ぎ逮捕して下さい、次の犯罪を防いで下さい」

「しかし、よく判ったね」織部課長が感心して、美優に言うと「彩乃さんが、教えてくれました」と微笑む美優。

織部課長を筆頭に東京に向かう刑事達、警視庁にも応援を依頼する。

品川駅でパトカーが数台待機して、静岡県警の面々を待っていた。


須永に彩乃を呼び出させる富子、明夫が戻れば二人で彩乃の口を封じる考えだった。

彩乃は純也の心配で呼び出しに我慢出来なくて、加納の家に向かってしまった。

待ち構える富子、彩乃は須永に招き入れられて「今、出掛けて居ますので、しばらくお待ち下さい」とお茶を出して応接間を出て行った。

しばらくして、美優が彩乃の携帯に電話をしたが連絡出来ない。

「彩乃さんが危ない、急いで」一平に慌てて電話をした美優だった。

富子は彩乃に会えない、自分の顔を知っているからだ。

ここでは、殺せないので、取り敢えず眠らせて、明夫の到着を待つ事にしていた。

葬儀で会社を留守にしていた敏夫達は、夜迄帰らないだろう。

それまでに連れ出して明夫に殺害させる予定だ。

「御主人が会社から戻られるのですか？」須永が富子に尋ねると「子供の話に来たのだから、私達が口を挟めないでしょう」

「はい」富子は須永も薬で眠らせる。

子供を寝かしつけると、自分も一緒に眠ってしまう須永。

しばらくして、様子を見に行くと、応接間でも彩乃が眠り込んでいた。

明夫が戻ってくると「眠って居るよ、始末してきて」と言う。

「判った、この女に顔を見られているから、殺さなければ無理だよな、でもこの女のお陰で復讐が出来たと思うと、感謝をしなければ！」

その話をしている時、チャイムが鳴って、警察がなだれ込んだ。

直ぐさま二人は加納の自宅で逮捕された。

「何事だ！」と驚く明夫の顔。

しばらくして敏夫が警察に呼ばれて、帰宅して惨状に遭遇した。

妻と愛人が同時に消えた驚き、信頼をしていた吉田富子が偽名で犯罪者だった事に大きなショックを感じていた。

一平の計らいで、彩乃が目覚めるのを待って、美優から彩乃に事件の総てを電話で話した。驚く彩乃だったが「私が、私が沢山の人を殺してしまったのですね」と泣き崩れた。自分が過去を隠そうと、世話に成った橘さんと邪険に別れて、過去を隠そうとした事がこの様な大事件を引き起こしたと、その時初めて自覚したのだ。

翌日の取り調べで富子は「残念、もう少しで復讐出来たのに」と悔しがる顔は、過去の怨念に満ちていた。

明夫はすらすらと総てを話し始める。

まるでもう終わった映画の出演者の様に、後籐純、山根明子の殺害も意図も簡単に自供した。

真紀子も犯行を自供して、明夫に頼まれたとは云え、殺人事件を起こしたと詫びた。

悠木の死体が間違えて熱海に運ばれてなければ、犯行は判らなかったと刑事に語る程冷静な明夫だった。

夕方一平が戻って美優に、富子に吉永家の過去の話をすると「よく、調べたわね、私達の家族は加納敏一にメチャメチャにされたのよ、神様が復讐をしなさいと、私達の前に置いて下さったのよ」と笑ったと話した。

翌日の夕方、食事の後、吉永親子は時間を計った様に、青酸化合物で死んでしまった。

捜査本部は警察の持ち物検査では、発見出来なかったのにと悔しがった。

その死に顔は満足そうな様にも見えた。

小さなカプセルを常に持ち歩いていたのだ。

二人は逮捕された時の事を予め決めていた様だった。

梢のお腹は大きく成って、もうすぐ生まれる状態、敏夫は事件の全貌を知って、加納家の過去の過ちだったと、新聞にお詫びの文章を掲載した。

敏夫は梢の子供は育てると断言して、敏也も彩乃に戻ってくれる様に懇願していた。

自分の親が行った事で沢山の人に迷惑を掛けた事を詫びていた。


美優に一平が「今回の事件は複雑で、全く判らなかったよ」と話す。

「そうね、一平ちゃんの頭では無理ね」と微笑む。

「いつもの事だ！　でもいつから判ったの？」

「随分前からよ、でも確信が無かったのよ」と笑った。

「沢山、亡くなったね」

「小さな嘘が、大きな事件に成ったのよ」としみじみと語る。

「富子が加納不動産の栄えているのは幻よ！と言っていたのが印象的だったよ」と一平が話す。
今回の事件には疲れ果てた二人だった。

完

杉山　実（すぎやま みのる）

兵庫県在住。

この物語はフィクションであり、実在の人物・団体とは一切関係ありません。

幻栄

2016年８月７日発行

著　者　杉山　実

発行所　ブックウェイ

〒670-0933　姫路市平野町62

TEL.079（222）5372　FAX.079（244）1482

https://bookway.jp

印刷所　小野高速印刷株式会社

ISBN978-4-86584-173-2

乱丁本・落丁本は送料小社負担でお取り換えいたします。